初 见

莫洁娟◎著

陕西新华出版
太白文艺出版社·西安

图书在版编目（CIP）数据

初见 / 莫洁娟著 . -- 西安：太白文艺出版社，
2024. 9. -- ISBN 978-7-5513-2800-5

Ⅰ . I267

中国国家版本馆 CIP 数据核字第 2024G5C096 号

初见

CHUJIAN

作　　者	莫洁娟	
责任编辑	党　铫　睢华阳	
装帧设计	青年作家网	
出版发行	太白文艺出版社	
经　　销	新华书店	
印　　刷	永清县晔盛亚胶印有限公司	
开　　本	880mm×1230mm　1/32	
字　　数	180 千字	
印　　张	8	
版　　次	2024 年 9 月第 1 版	
印　　次	2024 年 9 月第 1 次印刷	
书　　号	ISBN 978-7-5513-2800-5	
定　　价	58.00 元	

目 录

亲爱的女孩，你要善待自己

尼采说，生而为人的首要任务就是成为你自己。

我们来到人世间，一切都是未知数，在成长的过程中，每个人都渴望能够成为自己，但是往往事与愿违，我们会被来自各方面的因素所影响。

当你迷茫、不知所措，感受不到生活带来的快乐时，不妨学着善待自己，让自己学会放松，按自己的方式去感受这个世界。

有时候生活给予我们的不仅仅是蜜糖，还会夹杂着毒药。无论我们遭遇多少次拒绝、歧视和冷眼，都不能被击倒，更不能因此看轻自己。

尤其对于女孩来说，想要活出自我，就要学会善待自己，只有善待自己，才能成就自己。

善待自己，坚守尊严

印度作家普列姆昌德说过，对人来说，最最重要的东西是尊严。

一个人，外表可以不漂亮，身材可以不火辣，也不一定要很富有，甚至会遭受非议或磨难，但是，不管处在怎样的环境中，都不能放弃尊严，都应从容地追求自己的幸福。在追求幸福的过程中，每个人都有属于自己的价值。

小说《简·爱》里，简·爱和罗切斯特先生的爱情告诉我们，一个女孩无论多爱对方，也不能没有原则，更不应该放弃尊严。

简·爱深爱着罗切斯特先生。但是，当她得知爱人对她隐瞒了已婚的事实后，她毅然决然地选择了离开，哪怕罗切斯特先生的婚姻已经名存实亡。

罗切斯特先生不仅对简·爱一往情深，还拥有富足的物质生活。如果她选择留下来，不但可以收获一份爱情，还能过上稳定的生活。

简·爱的离开让所有人都始料未及，就算放在今时今日，她的做法也让很多人不理解。可是在简·爱看来，道德不允许她这样做，自己的内心更不允许她这样做。

对于这段感情，简·爱说："我在乎我自己，越是这样的时候，我越是要尊重自己。"

是啊，尊重自己是感情世界里一股坚不可摧的力量，它不需要别人的监督与首肯，它是爱情中的一种信念。

我们在爱情面前要坚守尊严，更要坚守自己的底线，这样才是真正的善待自己。女人只有善待自己，才能看清自己，进而看清整个世界。只有深爱自己，才能懂得如何爱别人，最后才会获得幸福。

有句话说，爱有底线，欲望有尽头，自由才有边界。

所以女孩们啊，当你在追求幸福的时候，无论你和对方在学历、财富、地位上有多大的差异，一定要坚守自己的原则和底线。

生命的价值在于活出你自己

武志红老师说："每个人到这个世界，都是为了活出自己。"

我们都知道要活出自我，也知道"做自己"的重要性，但是能真正做自己绝不是一件容易的事。

有时候，成为自己就是一个不断打碎自我再重塑自我的过程，这其中充斥着困惑、彷徨，甚至有可能被撕裂。

如果没有勇气与韧性，也许你连迈出去的胆量都没有。

在《你当像鸟飞往你的山》中，塔拉·韦斯特弗在十七岁之前活得压抑、纠结，没有自我可言。

塔拉的父亲独断专行，他不允许家人与外界接触，带着一家人住在人迹罕至的大山里。塔拉在十七岁之前甚至都没有上过一天学。

塔拉的父亲性格偏执，在家里说一不二，他的话犹如圣旨一般，家人的一切都得听从他的指令。

这样完全没有自我的生活让塔拉感到窒息，生活对于她来说就是一片黑暗，她想要逃离这样的家庭。

经过了一系列的自我挣扎以及与父亲的对抗后，十七岁的塔拉走上了自考之路，最终如愿考入大学，从此过上了另一种生活。

那些如临深渊的艰难时刻，其实是生命的馈赠，它把我们捏碎重来，让我们能够焕然一新，绽放得更绚烂。

摆脱桎梏、突破自我，这个过程充满着艰辛，但是正因为经历了各种痛苦，我们才能破茧成蝶，成为让自己满意的人。

乔布斯说，在我们有限的生命里，不要为其他人而活，不要被各种教条束缚，也不要让别人左右你的内心。请聆听心灵最真实的想法，勇敢地追随自己的直觉，活出真正的自己。

跟随自己的内心而活是这个世界上最酷的事，所以女孩们，在成为自己的路上加油吧！

成就自我的意义在于物质独立、精神自由

《一间只属于自己的房间》中说，女人要有属于自己的空间，她应该是自由独立的个体，不应该受限制和束缚，她要想方设法去认清自己和这个世界的联系。

由于历史原因，人们对女性一直带有偏见。在充斥着男权主义的社会里，女性的生存环境和境遇不容乐观。

1928 年 10 月，弗吉尼亚·伍尔芙在剑桥大学发表演讲。她通过自己在写作中遇到的种种问题，提出了女性要认清自己，想要拥有社会地位，必须积极争取经济独立的观点。

之后，她根据演讲稿撰写了《一间只属于自己的房间》这部作品。在书的开篇，她是这样写的：女人写作，必须有两个必要条件，一是金钱，二是要有属于自己的房间。

是的，不仅仅是写作，女人在做任何一件事的时候，都需要这两个条件的加持。

金钱决定了物质基础，而房间则是你的精神支柱；物

质基础决定了生存，而精神支柱又强调了独立思考。

物质独立，精神才能自由。身为女性要勇敢追求自由，不断地去探索。无论你目前是怎样的状态，都不该坐以待毙，如果向往远方的田野，就应该勇敢地走出去。

只有勇于追求自由，才能实现人生价值。女人不该被插在瓶中供人欣赏，而是应该在原野里随风起舞。生命是追求而不是被安排。

其实人生的意义并不在于终点在哪里，而在于好好欣赏沿途的风景。

是啊，无论你用什么方法，都要做到经济独立、灵魂自由。我们应该去旅行、去阅读、去感知，坚持独立思考，用双脚去丈量世界，用双眼去发现世界，用心灵去感知世界。

一个女人一旦有了独立思考的能力，就不会虚度年华，她在追求自我的过程中才会感到充实和幸福。

有句话说，你可以不是玫瑰，但如果你愿意，你可以是茉莉，是雏菊，甚至是不知名的小野花，是什么都可以，只要是你自己就好。

所以女孩们啊，人生最美的姿态是活出自我，活得像自己，才是对生命最好的诠释。

不断成长的女人最美

有人把女人的一生比作四季，她们的生命历程就如同四季轮回：

春天，春暖花开，欣欣向荣，就像少女一样朝气蓬勃；

夏天，枝繁叶茂，绚丽多彩，好似青年女性一样奋发向上；

秋天，硕果累累，瓜熟蒂落，如同中年女性一样成绩斐然；

冬天，冰天雪地，转瞬萧条，宛如老年女性，虽然逐步走向衰老，但却是历经繁华、饱经风霜后的沉淀。

所以女孩们啊，无论你正在经历哪一个季节，都要学会善待自己，并且不断完善自己，因为不断成长的女人才最美。就像蔡澜先生说的那样：愿我们不变老，只变好。

我在满怀期待中收集幸运

　　我常常问自己，为什么有一些卓越的人，他们仿佛具有某种天赋，做什么都能做得很好，而普通人就没有那么幸运呢？

　　我曾期待自己干什么都能如愿以偿，比如，需要的信息可以在报纸页面碰巧找到，打开的网页界面看到的正是自己梦寐以求的东西，下班后街头漫步巧遇我想见的人……

　　是不是很幸运呢？那么如何才能在期待中收集幸运呢？

期待就是暗夜里那一束幸运之光

　　我认为，幸运就是我们在无助困苦的黑暗里，那一束温暖的光。

法国作家阿尔贝·加缪在《西西弗的神话》中讲了这样一个故事：

西西弗触犯天条，受到惩罚，因此他必须把一块巨石推上山顶，才能得到解脱。他使出全力推着巨石上山，可每次眼看着就要成功，巨石就从山顶滚落到山底。所以他必须再次推石头上山，就这样循环往复，永无止境。

西西弗一遍又一遍地向上推动石头，又一遍又一遍地看着石头从山顶滚落。这个场景多么像人们在希望与失望中跌宕起伏，永无止境。是不是充满了无休止的绝望与痛苦？

我们的人生也像是推石头，不断地从底层仰望山顶，奋力向上攀登，又常常会从幸福的顶点坠入痛苦的深渊，所有的一切似乎都不可避免。

如果我们能在推石头的过程中有所期待，看淡得失，就可以让自己在无休止的痛苦中，找到那束幸运之光。

幸运不只藏在结局里，也藏在你努力向上的每个瞬间里。

其实，幸与不幸只在一念之间，身在低谷也可仰望星空，让自己的心态处于积极的状态。

正如阿尔贝·加缪的一句话："真正的救赎，并不是厮杀后的胜利，而是能在苦难之中找到生的力量和心的安宁。"西西弗的石头，是悲惨的源泉，也是重获幸福的踏板。

看见希望，就有光照进你的生命里来。

期待是埋在心里的一颗种子，终将结出幸运的果实

有所期待就会有不惧失败的勇气。

我们都知道沈从文来自湖南省的凤凰古城，他有很多传世之作。但是，大多数人都不知道，沈从文在一条长达千里的沅水上生活了一辈子。二十岁的时候，他凭着一腔热情，开启了独有的追梦之旅。

那时的他，连标点符号都不会用，就想靠写作闯出一片天来。后来，他竟然实现了自己的梦想，写出了很多传世之作，惊艳了所有人。

20 世纪 60 年代，他又放下写小说和散文的笔，潜心研究文物，并写出《中国古代服饰研究》，这又是他人生中浓墨重彩的一笔。

有人可能会说：他是被幸运之神吻过了吧，才会如此成功。

其实，他经历过多次投稿失败的打击，也曾被编辑嘲笑过。但因为他心里有一颗期待的种子，所以他不随波逐流，而是跟随内心去追寻自己热爱的事物。

因为热爱，所以一切的艰难困苦在他眼里都不算什么。他能有这样的成就，根本原因在于写得够多、研究得够深，他付出了常人所没有付出的努力。

有段话说得好：当你觉得自己选择的路走得很累，每走一步都要用尽全力的时候，说明你的人生在往上走，将会越来越好。但如果你觉得眼前这条路走得很顺畅，毫不费力，说明你在走下坡路，刻意躲避困难。这样一旦遇到问题，将是一团乱麻，何来幸运？

其实，艰难是常态，人的一生是自我完善、审视和提高的过程。正是因为有挫折，坚持才显得弥足珍贵。只有咬牙坚持到最后，才能让那颗期待的种子发芽、成长，最终收获幸运的果实。

期待是策划，是制定目标

有时候，静下心想一想，期待以后的自己变成什么样。有了期待，人生目标就会更加清晰。

曾经听说过这样一个故事：

在一个农场里有兄弟三个在干活，这时，有个小孩好奇地问他们："你们在干什么呀？"大哥放下手里的农具说："我们在犁地。"二哥直起身子指着前面的土地说："我们在做播种前的准备工作。"小弟一边干活一边哼着歌，热情地对小孩说："我们在种粮食，到了收获的季节，这里将是一片金灿灿的丰收景象。"

十年以后，大哥还在当农民，继续用农具犁地；二哥开上了拖拉机，更重要的是他所拥有的土地已经变大了很多倍；小弟则开创了生态农庄。

这说明，我们必须明确自己内心的愿望，知道它是什么，才可能得到它。

正如德国作家博多·舍费尔在《小狗钱钱》里所说："在行动之前，不要评判。不去想象成功的美好，就不能达成目标，精力集中在哪儿，就会在哪儿开花结果。"

目光长远，才能掌控人生。

对于未来的期盼可以帮助我们实现梦想和目标。比如，在心中描绘蓝图，想象一下自己想要成为什么样的人。

有了方向，再付诸行动，将期望落在实处，一切将指日可待。

满怀期待，未来可期

当任务无法完成时，大多数人就会给自己找很多理由：我不行，这件事不可能完成，我还没准备好，等等。如果我们总是抱着这样的心态，那么绝不可能有所成就。

例如，稻盛和夫起初并不喜欢自己的工作，郁郁不得志。当公司面临倒闭的时候，他意识到除了这份工作，自己已经一无所有。因此，他开始改变想法，把心思全部用在工作上，他把锅碗瓢盆都搬进了实验室，甚至睡在那里。他不分昼夜地工作，连一日三餐都顾不上吃，全身心地投入工作之中。

一旦下定决心朝着一个目标努力干，不可思议的研究成果便接踵而来。有了信念，成功的概率就会递增，他对研究的兴趣愈发浓厚，很快就进入了良性循环。

所谓扭转人生，不过如此。聆听内心的声音，让自己以积极的心态去向往、去期待。

人生中所有的际遇，都是由我们自己创造出来的。面对眼前发生的事情，有什么想法、以怎样的心态去对待，将会改变我们人生的走向。

做好自己该做的，找到那束能照亮我们内心的希望之光，才能过好自己的人生。

其实，我们自己才是一切幸运的原动力。当你满怀期待时，你所经历的一切都会成为你向上攀爬的阶梯。

新东方就是一个很好的例子。当教培行业受到冲击时，行业巨头新东方也遭遇重创。俞敏洪决定把新东方教室里的桌椅都捐了，退还了学员的学费并结算了员工的工资。俞敏洪黯然退场。然而，仅仅半年，他又满血复活，带领他的团队以全新的姿态闯进大众的视野。

他从大学讲台上走下来，在各大平台频频亮相，去直播、去卖农产品。如今，新东方创办的东方优选火遍全网，原本是新东方教师的董宇辉亦成为大众的偶像。他们是不是足够幸运呢？

其实，他们幸运的背后有着常人无法想象的艰难。

他们能成功，很大因素在于团队的信念，对未来的期待以及身在低谷时仍然不放弃希望。

宇宙中最伟大的秘密就是我们创造了自己的现实生活，设定目标并相信自己一定能实现。

所以当我们播下期待美好的种子，终将收获幸运的果实。

窗外的一束光

人生海海，总有起伏。

在人生低谷时、苦厄困顿时、利害攸关时，总有迷茫、黯淡和不安。不必胆怯，因为这个世界的光，总能透过窗棂找到你。

行到水穷处，坐看云起时。这束来自窗外的光，幻化成各种形态陪伴着我们，让原本带着忧伤的日子熠熠生辉起来。

它会化作亲情的包容、友情的支持、爱情的滋养，抑或是陌生人的一句话、偶然读到的一本书、遇到的一件事。

在不经意间，被这束光暖到，整个人都好了起来。

那就张开怀抱，努力迎着光，在酸甜苦辣里，体味人生百态，品味人间清欢。

亲情之光，驱散人生低谷处的黑暗

雪莱说："唯有你的光辉，像漫过山岭的薄雾。"

亲情的光辉徐徐洒下，荡起圈圈涟漪，一束束瓦解难以抑制的悲伤，一缕缕疗愈隐隐作痛的伤痕。

在地坛这一宁静处，坐在轮椅上的史铁生想起了母亲。双腿残疾之初，史铁生把坏到极致的脾气和冷漠的态度给了母亲，母亲回以他耐心和陪伴。

母亲的爱唤醒他对生的希望，母亲陪他找到怎样活得幸福的秘诀。史铁生第一次获奖时，他最先想到的是自己的母亲，想她为自己骄傲、希望她不再为自己操心，对自己放心。

在人生的最低谷，是母亲，用亲情的微光不动声色地照亮他不眠的黑夜，一寸一寸地驱散他心底无尽的黑暗。

所谓父母，就是那不断对着背影既欣喜又悲伤、想追回拥抱又不敢声张的人。

即便如此，亲情的这束光依然跟随在孩子后面，无论何时，孩子回望处，总是心安。

史铁生活了，从人生最低处摇着轮椅走了出来，迎着满园光芒走进文字的世界，用沉静和真实唤醒身处黑暗、迷茫无助的人们，告诉他们"满园子都是草木竞相生长弄出的响动，窸窸窣窣，片刻不息"。

一片生机盎然！山重水复疑无路，柳暗花明又一村。

友情之光，驱赶人生困顿时的苦寒

别林斯基说："真正的朋友不把友谊挂在口上，他们并不为了友谊而互相要求一点什么，而是彼此为对方做一切办得到的事。"

友情的光辉照耀古今。遥想东坡当年，问汝平生功业，黄州惠州儋州。

始谪黄州，举目无亲。黄州知州徐大受却与苏轼一见如故，待之亲如手足，这让苏轼备感温暖。

惠州识得方子容，得知苏轼被贬谪至海南，路途凶险，方子容心情沉重，引梦中奇事慰藉苏轼，让苏轼在"垂老投荒，无复生还之望"的绝望中得到些许安慰。

苏轼到达海南儋州，新任军使张中不忍，派人整修驿馆，使苏轼得以安居。一年后，苏轼一家被朝廷逐出驿馆，张中不顾长官的身份，在桄榔林中挖泥运土，帮助苏轼新建茅舍。

灯光摇曳，直到天明。两人对坐，苏轼作诗赠予张中，"悬知冬夜长，不恨晨光迟"，依依不舍送别因照顾自己被贬雷州的张中；"汝去莫相怜，我生本无依"，劝告张中不要挂念自己。

人生困顿时，是患难之交用友情之光无私地照亮贬谪途中的黯淡，一点一点地驱散心底难言的苦寒。

岁寒知松柏，患难见真情。彼时的桃李春风一杯酒，也许是江湖夜雨十年灯，但那又何妨？

不怕，友情的这束光映照在彼此心中，无论何地，抬眼望去，仍是天涯若比邻。

苏轼在人生困顿时吟着流芳千古的诗词登上文学殿堂之巅，借着《寒食帖》的气势攀上炉火纯青之峰。他告诉世世代代的人们，人生应以心安为乡，要有"一蓑烟雨任平生"的坦然自若、"也无风雨也无晴"的豁达平和，以及"人生看得几清明"的通透洒脱。

《岛上书店》中说：每个人的生命里都有最艰难的那一年，将人生变得美好而辽阔。

就是那一年，友情之光带来化解苦寒的热量，友人给了他安然度过风雨的庇护，才有了这世间独一无二的苏东坡。

一片真心向明月！与谁同坐？

爱情之光，点亮人生危难时的希望

危难使爱情变得纯粹，爱情也令危难变得温柔。

爱情的光辉映照生死相依，纵然万劫不复，也要照亮对方走下去的路。

"如果我真的存在，也是因为你需要我。"灵魂摆渡人崔斯坦带着迪伦穿越恶魔横行的荒原，途中他们相爱了。

因为爱，崔斯坦不顾一切保护迪伦的安全，哪怕被伤得不省人事。因为爱，到达结界的迪伦不顾生死，竟然奇迹般重返荒原，找到了爱人崔斯坦。用她坚定的爱支撑起返程的信念，带他穿过危险重重的荒原回到起点，返回人间。

爱情之光，点亮人生危难时的希望，让人变得无畏，变得有担当，变得无所不能。

好似《人世间》里，周秉昆的出现便是郑娟窗外的一束光，在她未婚先孕、母亡弟盲最艰难的时候，点亮了她人生的希望。这个心地善良的男人说，以后有他一口饭吃，郑娟就不会挨饿。从此之后，无论经历多少坎坷，两人的世界只有死别，没有生离。

人生危难时，是爱人，用爱情的火光照亮一幕一幕放映的过往，点燃勇敢走下去的希望。

有人说，爱情最好的模样是：一屋两人，三餐四季。

平平淡淡，长长久久，此生足矣。不知你是否赞同？

由此，爱情的这束光照得很远，往后余生，目光所及，全是你。

崔斯坦和迪伦活了，郑娟活了，他们度过了最艰难的时期。今后，哪怕过最朴素的生活，也会因为有爱而爱上这种踏实和心安；过最平常的日子，也因为有彼此而喜欢这种淡然和馥郁。

愿执子之手，与子偕老。许你四季冷暖，护你一世周全。

一片冰心可鉴！在天愿为比翼鸟，在地愿为连理枝。

照亮自己，照亮别人

这个世界因无常而多姿，因未知而神秘。绝望和希望总是并存着，使人生充满惊心动魄和刻骨铭心。

但这个世界是有光的，这也算是人间自带的平衡机制吧。窗户破碎了，却有光照进来；在这儿失了，便在那儿得了。

亲情、友情、爱情之光都来自外界，是窗外的光。能被窗外的一束光照亮，无疑是幸福的。但若能成为窗外的一束光，则是更幸福的。

把万般不幸，化作微笑如春；世界以痛吻你，你却报之以歌。如此的你，心里有光；如此的你，用自己内心的光去照亮别人，温暖别人的心房。

你的光芒入眼，消解迷茫；你的光芒入颜，消弭黯淡；你的光芒入心，消除不安。

赠人玫瑰，手留余香。人生逆旅，心向光明。

人生哪有两全之策，短短百年，不过是昨天、今天、明天，不过是教人懂得取舍罢了。

踽踽独行中，且照亮自己，且照亮别人。

春风十里不如心中有光的你，能驱散人生低谷处的黑暗，驱赶人生困顿时的苦寒，点亮人生危难时的希望。

与文艺在一起的日子

文艺，是一种生活的态度，一种对生命的热爱和追求。它也是一种精神的寄托，一种情感的表达，一种思想的启迪。与文艺在一起的日子，是一种充满美好的生活状态，是一种涤荡灵魂的生命体验。

我喜欢文艺，喜欢那些充满诗意的文字，喜欢那些充满情感的音乐，喜欢那些充满思想的电影。每当我与文艺在一起的时候，我就能感觉到自己的灵魂被触动了，自己的内心被涤荡了，自己的思想被启迪了。这种感觉，让我觉得自己的生命变得更加丰富多彩，更加有意义。

与文艺在一起的状态、体验

　　与文艺在一起的日子，是一种充满美好的生活状态。在闲暇的日子里，我会去看一场电影，听一场音乐会，读一本好书。我会在文艺的世界里徜徉，感受那些美好的情感和思想。我会与文艺家们交流、分享彼此的感受和体验。这样的日子，让我感觉到自己的生命变得更加充实，更加有意义。

　　与文艺在一起的日子，是一种涤荡灵魂的生命体验。在这样的日子里，我会感受到自己的内心被激荡了，我的思想被启迪了。那些美好的情感和思想，会让我感觉到自己的生命变得更加有意义。这样的日子，让我感觉到自己的生命变得更加充实、更加有价值。

成就文艺的方式

　　我喜欢文艺，喜欢阅读、写作，喜欢欣赏音乐、观赏电影、参观美术馆。这些活动让我感到心灵的愉悦和满足。在与文艺相伴的日子里，我感受到了生命的美好和意义。

阅读是我与文艺相处的最常见的方式。我喜欢读各种类型的书籍，小说、散文、诗歌、传记，等等。每阅读一本书就是一次心灵的旅行，让我领略到不同的人生经历和思想境界。在阅读中，我感受到作者的情感，也能感受到自己的情感。

写作是我与文艺相处的一种方式。我喜欢写作，写日记、写随笔、写小说、写诗歌。写作是一种情感的宣泄和一种思想的表达，是一种自我发现和自我认知。在写作中，我感受到了自己的情感和思想。

音乐是我与文艺相处的另一种方式。我喜欢听音乐，听古典音乐、流行音乐、民族音乐，等等。每一种音乐都有它独特的韵味和情感，让我感受到了不同的文化和人生。在音乐中，我感受到了美的力量和情感的共鸣。

电影也是我与文艺相处的一种方式。我喜欢看电影，看文艺片、商业片、动画片、纪录片，等等。每一部电影都是一次视觉和情感的冲击，让我感受到了不同的人生和文化。在电影中，我感受到了导演的情感和思想，也感受到了电影带给我的情绪波动。

成长印记中的文艺

我喜欢文艺，喜欢阅读、写作、音乐、电影、绘画等艺术形式。在我生命的不同阶段，文艺陪伴着我，给我带来了许多美好的回忆和感悟。

小时候，我喜欢看童话故事和漫画书。那时候，我还不懂得什么是文艺，只是觉得这些故事很有趣、很好玩。我喜欢看《小红帽》《灰姑娘》《白雪公主》等童话故事，喜欢看《葫芦兄弟》《喜羊羊与灰太狼》等动画片。这些故事和动画片，让我的童年变得多姿多彩。

中学时期，我开始接触文艺作品。那时候，我喜欢看鲁迅、郭沫若、巴金等作家的小说和散文，喜欢听周杰伦、林俊杰、王菲等歌手演唱的歌曲。这些文字和歌曲，让我的青春有了激情和追求。

大学时期，我开始写作。那时候，我喜欢写诗歌和散文。我还喜欢听古典音乐和爵士乐。写作和音乐，使我的大学生活变得充实。

工作后，我开始关注电影和绘画。那时候，我喜欢看《肖申克的救赎》《阿甘正传》《泰坦尼克号》等电影，喜欢看凡·高、毕加索、达·芬奇等画家的作品。这些电影和绘画作品，让我工作后的生活变得有意义起来。

与文艺在一起的日子，是一种美好的生活状态。在这种状态下，我可以感受到生命的美好和多彩。我可以在阅读中感受到作家的思想和情感，可以在音乐中感受到歌手的情感和表达。

阳光洒进书房，翻开篇篇人生

　　作家博尔赫斯在《关于天赐的诗》中写道："天堂应该是图书馆的模样。"

　　在静谧的图书馆里看书，的确是一种享受。如果去不了图书馆，在自己的书房里进行阅读也是不错的选择。

　　书房的面积不需要很大。阳光洒下，绿萝从书架上温柔地垂下。清茶在旁，一书在手，远离红尘纷扰。

　　书房里有各种书籍，它们来到这里，成为我们的良师益友。它们默默地向我们传递智慧，也让我们看到他人不一样的人生。

　　罗曼·罗兰说：没有人是为了读书而读书，而是在书中读自己，在书中发现自己或检查自己。

　　的确，每个人的想法不同。但是，都希望通过读书成为更好的自己。因此，那些能解惑答疑、感悟人生、抚慰心灵的书，常被读者青睐。

我的手指在书架上滑动，今天从哪本书看起？

跟着心理咨询师学方法，原来幸福来自小小的改变

说起看书，朋友丽有个好习惯。她喜欢看心理类的书籍，在书里发现好方法她就记下来。

有人笑丽从书中找答案，她回道："哪怕只学会人家的说话方式，还能改善人际关系呢，何乐而不为？"

心理咨询师曾奇峰也认为：看书是获得他人思考成果的捷径。他在《幻想即现实》这本书中，写过一个家庭疗愈案例，值得借鉴。

十七岁的高二学生佳佳，跟同学闹矛盾后曾几次想轻生，父母无奈带她来看心理医生。

曾奇峰询问这一家三口的日常，佳佳总结为一个字——累。

用佳佳的话说，家就像个疗养院，里面的人都是伤病员。

曾奇峰问："你们三个人，从外面带了什么

精神方面的东西回家呢？"

爸爸带回家的是压力；妈妈带回家的是疲惫、焦虑；佳佳带回家的是无处释放的情绪。

曾奇峰继续引导他们："怎样才能不带心理垃圾回家，带点积极有益的东西回来？"

一语点醒梦中人。

这个家庭的改变，从带有益的东西回家开始。爸爸妈妈下班不再眼睛盯着手机、脑子想着工作，而是主动给家人做拿手饭菜。看到爸爸妈妈的变化，佳佳也来了兴致，弹琴唱歌，家庭氛围一下子活跃起来。

康复后的佳佳说，她一想到轻松愉快的家，就觉得学校里的烦心事也没啥大不了的。

家庭里要充满爱、温暖与明朗的气氛。

夜深时有人给轻掖被角，醒来后饭桌上已盛好热腾腾的饭菜。家人的爱总是无微不至，时刻温暖着我们。

灯火可亲，家人闲话家常。好的家庭氛围，也是一种疗愈。原来，做出一点小的改变让家庭幸福，也没想象中那么难。

当家成为温馨的港湾，疲惫时能让我们放松，伤心后能在这里得到疗愈，有家有爱的人生，值得拥有。

翻开旅行书，收获的不只是美景，还能品味别样的人生

"我想去桂林，可是有时间的时候，我却没有……"这首老歌曾引发太多人的共鸣。

世界那么大，谁不想多出去看看？却被这样那样的原因绊住脚。

对此，跨界奇才詹宏志先生有个好办法：如果可以，要让文字带着大家去旅行。于是，他写了《旅行与读书》，把旅途中那些令他难忘的经历，与读者共享。

詹宏志和旅伴在印尼巴厘岛购物，领队的小姑娘选中一位挺着大肚子的孕妇做搬运工。詹宏志很吃惊，问道，怎么能雇孕妇干体力活？万一出现意外怎么办？

小姑娘淡淡地说："你们不让她搬东西，她连饭都吃不上了。"

游客们每买一样东西，孕妇便立刻接过来，利索地放进头顶的草篮子里。她一手扶腰，另一只手扶着头上沉甸甸的草篮子，丝毫不敢放慢脚步。

同一片天空下，每个人的生活不同。有人不远万旦来

这里看海天一色，有人顶着烈日为下一顿饭拼搏。

每个人都是世间的过客，幸运者须珍惜已有的幸福生活。

有人说，真正的旅行是去体验一种从未有过的人生。

作家沈苇有个很好的比喻，旷野是户外的阅读，书斋是室内的旅行。

阅读是一场心灵的旅行，能见到不同的人，看到不同的事，感受到他人的悲喜。在书房读书，身未动，心已远。打开书，就像跟随旅人的脚步，欣赏别样的风景，去了解不一样的人生。

就像有人曾说：旅行与读书好像一对搭档，它们总是一起出发，带着彼此去遥远的地方。

从散文集里找到抚慰心灵的良方
学会放下，去感受美好

作家郁达夫曾这样形容散文：一粒沙里见世界，半瓣花上说人情。

散文里有用心感悟的智慧。一篇好的散文，文字看似简单平和，却拥有丰富的内涵。

提到散文，很多人喜欢林清玄的文章，他的作品里有佛学智慧，值得一读。他说："愿大家在因缘变换中，做个不受惑的人。"

在林清玄的笔下，有位中年男人，事业有成，却对生命的价值感到困惑。医生听完他的讲述，给他开了四帖药，嘱咐他次日到海边，按规定的时间打开药袋，即可病愈。

第二天，那个男人独自来到海边。他依次打开药袋，里面是四张字条："聆听""回忆""检查你的动机"和"把烦恼写在沙滩上"。

他坐在沙滩上，用心聆听海浪冲击沙滩的声音，听海鸥欢快的叫声，这些熟悉的声音，他已经多年没听过了。

看着在沙滩上奔跑的小孩，他回忆起年少时无忧无虑的生活，嘴角泛起了笑意。

他开始反思自己，那个刚踏入工作岗位时的阳光少年，在名利场上角逐多年，不知不觉间已变成麻木的中年人。

按照最后的药方，他把烦恼写在沙滩上，看着沙滩上的字很快被海浪冲去，他心里的烦闷也被冲刷干净。

人生在世，谁没有困惑？太多的欲望，让人迷失。这也是世人烦恼的根源，却深陷其中难以自拔。

梭罗在《瓦尔登湖》里写道："只有我们醒悟的那一天，才是黎明。"

每天脚步匆匆的现代人，为碎银几两身心俱疲。财富在增长，却对幸福越来越无感。

是时候放慢脚步，净眼洗心。

生活的美一直都在，只是缺少发现它的眼睛和感受它的心。我们可以去拥抱一棵大树，闻闻花朵的清香，也可以赤脚在沙滩上走走。

当我们学会放下，才猛然发现大自然才是真正的创作者。

点滴的美好，也能汇聚成强大的力量，助我们扫去生活中的烦恼，还自己一颗通透的心。

林清玄写过这样的话：只有永远保持春天的心情等待发芽的人，才能勇敢地过冬。

是的，能够穿越寒冬的人，内心一定充满明媚的阳光。

因此，闲暇时读点优美的文章，丰盈我们的心。让我们在感受美好的同时，获得其中的智慧，驱散心头的阴霾。

哲学家笛卡尔认为：阅读一切好书，如同跟过去最杰出的人谈话。

当我们遇到困惑时、心情低落时，这些无言之师会帮我们豁目开襟。若我们能从别人的故事中，看到自己的影子，找到正确的人生方向，便已是收获。

作家周国平认为，读书的快乐，一是求知欲的满足，二是与活在书中的灵魂的交流，三是自身精神的丰富与成长。

每本好书都能带给读者启迪、明理或静心。

书房兀坐万机休，日暖风和草色幽。此刻，纱帘已被拉开，阳光温柔地照进来。待在安静的书房里，心也跟着静下来。

朋友，愿你拥有这样一间书房，被每缕阳光呵护，有好书相伴。

亲爱的女孩，一定要学会读书

高尔基说："书籍是人类进步的阶梯。"人类的文明，正因为有了记载，才有了传承。从懵懂的孩童到耄耋老人，都可以从书中汲取知识。书籍不仅仅是纸张，更是人类的精神食粮。

我们要学会读书，学会在书中寻找力量，特别是女孩子，请你一定要学会读书。因为人生就像一场充满未知的旅程，每一步都是下一步的铺垫。

亲爱的女孩，当你学会读书，你就会明白，该如何坚定地迈出第一步；当出现三岔路口的时候，你就会知道，该如何选择前行的方向；当行至末路，你也能从容面对，峰回路转，曲折蜿蜒，终会抵达终点。

青葱岁月，学会读书，助力梦想扬帆起航

亲爱的女孩，若你正值花季，请你一定要珍惜美好的校园生活，学会读书，努力读书。

现代社会，女子可以充分发挥自己的才能。

校园，是你踏入社会的前奏，也是你走向人生之路的第一站。在应该发愤图强的年纪，要抛却一切杂念，学会读书，好好读书，因为这会改变你的人生方向。

2020 年，感动中国的张桂梅校长，曾经说过一句话："女子受教育，可以改变三代人。"于是，她倾尽毕生精力，致力于女子教育，创办了华坪女子高级中学。困在大山里的近两千名女学生，原本辍学、退学，后来，在张校长的努力争取下，她们重新走进了学校。

她们珍惜这来之不易的机会，努力读书，很多女孩子最后考上了大学，走出了大山。

华坪女高第一届毕业生周云翠、周云丽两姐妹，当年双双考入师范学校，毕业后，传承张校长的育人理念，现在都是尽职尽责的好老师。

《中国诗词大会》第二季总冠军武亦姝，她的父母都是知识分子，家里书香氛围浓厚。受父母影响，当她还是个小学生的时候，她就已经学会读书。当别的小朋友还在

看动画片、放学满街玩耍的时候，她在屋里通读国学经典和文化古籍。小小年纪，博览群书，熟读名著，具有极强的文学天赋。

2017年，高中生的她以绝对优势，成为《中国诗词大会》第二季总冠军。后来，就读清华大学。

不管身处何种境地，顺境也好，逆境也罢，正值青春的女孩子，学会了读书，就能明白如何踏出自己人生之路的关键一步。

处在困境中的女孩子，学会读书，可以改变你的处境，驱散乌云，让阳光照亮你前行的道路；处在顺境中的女孩子，学会读书，可以助力你攀上更高的山峰，俯瞰更加美丽的风景。

所以，亲爱的女孩，在青葱的岁月里，请你一定要学会读书。希望你回首往昔，心中无憾，真正能做到：鲜衣怒马少年时，且歌且行且从容。

人至中年，学会读书，把握真谛，读懂生活

离开校园，离开象牙塔的保护，人生之路开始"负重"前行：结婚生子，熙熙攘攘；人情往来，纷纷扰扰。外面

的世界很精彩，外面的世界也有很多诱惑。

人至中年，女孩子更应该学会读书，学会如何明辨是非，懂得如何拒绝诱惑，学会如何保护自己、如何保护家庭。

人都希望自己的人生能够幸福美满，却总是不满足于现状，于是，就会上演一场又一场的故事。

电影《廊桥遗梦》里的女主弗朗西斯卡，住在一个小乡村里，守着丈夫和孩子，平静地生活着。突然有一天她遇到了摄影师罗伯特，两人一见钟情，这种表面上平静的日子被打破了。

罗伯特要带弗朗西斯卡远走高飞，幸福中的弗朗西斯卡整理好了行李箱，却在临出门之时，理性战胜了感性。她最终选择放弃，回归了家庭。

张爱玲说过："在对的时间遇到对的人，是一种缘分；在错的时间遇到对的人，是一种无奈。"

就像弗朗西斯卡，当她组建家庭的时候，也是在对的时间遇到对的人，只不过，激情过后，一切归于平淡。但是，平淡安稳，不也是一种幸福吗？好在，最后，弗朗西斯卡明白了生活的真谛，回到了丈夫和孩子的身边。

写出《你是人间的四月天》的才女林徽因，出身书香门第，她一直保持读书的习惯，通读大量诗集，曾经接待过印度诗人泰戈尔，她还是著名的建筑专家。

当年徐志摩疯狂追求林徽因，但林徽因却不为所动。林徽因知道，即便徐志摩是当代大才子，才华横溢，但他已有贤妻，她就不能横插其中。于是，林徽因果断拒绝，最终与梁思成结成眷侣，伉俪情深，比翼双飞，为中国建筑事业做出了突出贡献。

不管是电影中的女主角，还是现实中的才女，都可能碰上这样或那样的诱惑。面对诱惑，要学会辨别，当你懂得生活的真谛，你就能做出正确的选择。

梁实秋说："对于一般人而言，读书是最简便的修养方法。"

所以，亲爱的女孩，当你人至中年，也一定要学会读书。当你学会读书，明白道理，你就会知道该如何取舍；走在三岔路口，你就会明白，到底该朝哪个方向前行。

学会读书，从容面对迟暮之年

走过青春，挥别中年，每个人都会逐渐老去。

迟暮不可怕。

白发戴花君莫笑，岁月从不败美人。若有诗书藏在心，撷来芳华成至真。腹有诗书气自华，真正的美人从来不怕被岁月打败。

这种美，不是传统意义上的脸蛋美、身材美，而是自内而外的气质美。这种美，是读书带来的。

钱锺书夫人、著名大作家杨绛先生，一生都在读书，书籍，在她生命中有着重要的作用。面对生活的苦难，她没有沉沦，她读书，在书中寻找精神支撑；她写书，记载心情，记载故事，记载历史。

当年钱锺书被下放到河南，杨绛先生没有被生活的苦难打倒，她坚强地扛起了家庭重担，同时，笔耕不辍，写出了散文诗集《干校六记》；后来，爱女离世，她又写出了著名的散文集《我们仁》；九十多岁的时候，她还出版了中篇小说《洗澡之后》。

生活给了她重重苦难，但是，她豁达面对。她从书中汲取营养，她优雅的气质无人能及。这种文化的沉淀，经得住大风大浪的冲击，耐得住岁月的迁徙。直至生命临终，她仍从容面对。

胡因梦，不仅是著名的影视明星，也是著名的作家。她在演艺事业高峰期选择隐退，不留恋世俗繁华，专注关于心灵探究的翻译及写作，致力于倡导生态环境保护。

她参透生命本质，在自传《生命的不可思议》一书中，勇于剖析自己，表达了自己对于生存的思考与洞悉，读之使人豁然开朗。如今七十一岁的她，优雅知性，像一股清风，行走在天地间。

不管是文学大家，还是才情女子，抑或是平凡女孩，生活都是给予同样的对待，也许会一直幸福，也许会遇到磕磕绊绊，无论哪种情况，都希望你能坦然面对。

毕淑敏说："书是一座快乐的富矿，储存了大量浓缩的欢愉因子。"

所以，亲爱的女孩，即便是迟暮之年，也请你学会读书，保持爱读书的习惯，培养你的优雅气质。即使面对夕阳，你也能由衷地感叹：夕阳无限好。

亲爱的女孩，请你一定学会读书。感悟生活，参透生命，体味人生，从学会读书开始。

亲爱的女孩，请你一定学会读书。张爱玲曾经说："你的气质里，藏着你走过的路，读过的书，爱过的人。"生命的长河，涓涓流淌，读过的书，随着前行的脚步，烙进你的人生。

亲爱的女孩，请你一定学会读书。不管何时，不管何地，书籍都是你生活的后盾。学会读书，你的思想、眼界会越来越高；学会读书，你的人生之路会越走越宽；学会读书，你的心态会越来越放松；学会读书，你的人生终将圆满。

人间烟火，便是清欢

　　人生如逆旅，我亦是行人。人生是一场修行，我们来到人世间，得意时一日看尽长安花，失意时风雨兼程，但我们还是要心怀美好，感受三餐烟火暖，四季皆安然。

　　煮一杯清茶，弹一首乐曲，读一本好书，慢品人间烟火气，闲观万事岁月长。浅笑嫣然，一生温暖，安之若素，惊艳时光的反而是人间烟火气。

　　这个世界上，最渺小的人和最伟大的人，都有同一份责任，那就是好好对待自己的生活，正如苏轼所言：人间有味是清欢。

爱情天梯，你是我今生的守候

从古至今，爱情都是永恒的主题。

爱情是司马相如与卓文君的《凤求凰》，爱情是《诗经》中的"窈窕淑女，君子好逑"，爱情更是"山无陵，江水为竭，冬雷震震，夏雨雪，天地合，乃敢与君绝"。

在重庆一处人迹罕至的原始深山老林里，户外探险队员意外发现了直通山顶的石梯，石阶上还铺着防滑的细沙，四周除了古树就是悬崖。当他们抵达山顶的时候，看到一对穿着老式蓝布衫的夫妻。这对夫妻满脸皱纹，他们的记忆还停留在 20 世纪 50 年代，这里就是现代版的桃花源。

原来，这对夫妻为了爱情，选择摈弃世俗的一切，从此过着刀耕火种的原始生活，隐居深山五十年。

这是一场旷世绝恋，男人的名字是刘国江，女人的名字是徐朝清。当年，徐朝清风华正茂，自有清水出芙蓉之美，刘国江对她怦然心动，一眼万年。就这样，十六岁的刘国江爱上了年长他十岁的寡妇徐朝清。为了守护爱情，他们来到了深山老林，远离世俗，像神仙眷侣一样，不问世事。

一次，徐朝清在泥泞的下山小路上摔倒了，刘国江心疼妻子，为方便妻子出行，决心为妻子修一条下山的阶梯。

忙完农活，他就开始用铁锤一点一点徒手开凿石阶。在大山的峭壁上，一抹孤独的身影一路开凿，光铁锤就堑烂了二十多个。

徐朝清心疼丈夫，告诉他，不要凿了，不下山了，有你陪伴就足够了。可刘国江却不愿放弃，路修好了，妻子出山就方便了，就不会再摔跟头了。就这样，半个世纪悠悠而过，他们相守一生的爱情故事，也在当地流传开来。

在漫长的岁月中，刘国江从年轻帅气的小伙变成了白发苍苍的老人，用一生送给妻子的六千多级阶梯作为爱情礼物。一级级台阶是他们爱情的见证。择一世，爱一人，守一生。

爱情的真谛究竟是什么？答案就在爱情天梯之上，它是通往爱情的朝圣之路。

探险队员把他们的爱情故事通过媒体发布出来，吸引了无数爱侣来天梯打卡，他们把这里称为"爱情天梯"。

在这路遥马急的人世间，现代人习惯了快餐式"爱情"，两位老人对爱情的坚守，深深震撼着所有人的心灵。浮世三千，斯人若彩虹，遇上方知有。原来人世间最好的那个人，是修行而来，是至味的清欢。

人间值得，三生有幸结良缘

"昨夜雨疏风骤，浓睡不消残酒。试问卷帘人，却道海棠依旧。知否，知否？应是绿肥红瘦。"

这首朗朗上口的《如梦令》是宋代旷世才女李清照的佳作。

初到汴京不久，李清照十六岁，那是她一生中最悠闲、美好的时光。如花似锦的年龄，优渥的生活，在她的诗作中可见一斑。她在《浣溪沙》中写："玉鸭熏炉闲瑞脑，朱樱斗帐掩流苏。通犀还解辟寒无。""瑞脑"和"通犀"在当时都是名贵之物，只出现在钟鸣鼎食之家。

后来，妙龄少女李清照和侍女去相国寺游玩，她正向侍女讲解诗牌之意时，感觉一道灼热的目光投来。她扭头一看，顿时感觉到"满堂兮美人，忽独与余兮目成"。

爱情这杯酒，她尚未品尝过，心中的小鹿乱撞，急忙拉着侍女匆匆离开。一路上，她闭目养神，却难以忘记那双炯炯有神的眼眸。

原来，这就是怦然心动，这就是夙夜难眠，这就是辗转反侧。李清照遇到了一生的良人赵明诚。

赵明诚身姿挺拔，举止端庄，风流倜傥，在金石碑拓收藏界也颇有名气，他的父亲是当朝中书侍郎赵挺之。他们可谓门当户对，珠联璧合。

赵明诚借拜访李清照父亲李格非之机，"相看"李清照。李清照刚好在荡秋千，累得汗湿了罗衣。他们两人的惊鸿一瞥，李清照写在了《点绛唇》里："露浓花瘦，薄汗轻衣透。见客入来，袜刬金钗溜。和羞走，倚门回首，却把青梅嗅。"

李清照让侍女绣了一个锦囊，书写了两首词置于其中。其中一首是《如梦令》："常记溪亭日暮，沉醉不知归路。兴尽晚回舟，误入藕花深处。争渡，争渡，惊起一滩鸥鹭。"

李清照的才情令赵明诚心生爱慕之情。他与父云："言与司合，安上已脱，芝芙草拔。"父亲深知他的心意，便回复了四个字："词女之夫。"

二十一岁的赵明诚和十八岁的李清照，才子佳人，志趣相投，成为天作之合的眷侣。

李清照在《瑞鹧鸪》中曾言："谁教并蒂连枝摘，醉后明皇倚太真。"足见他们伉俪情深。

爱情是两个契合的灵魂在生活中的和谐与默契，是用完美的眼光欣赏那个不完美的人，是始于颜值、陷于才华、忠于人品的两情相悦。

人间值得，希望你们也可以遇到照亮彼此人生的那束光。

人间四月天，志同道合相守一生

你是一树一树的花开

是燕在梁间呢喃

——你是爱，是暖

是希望

你是人间的四月天

这首现代诗出自民国才女林徽因之手，宛如一阵清新的风，在四月的暖阳中和煦温柔。

林徽因的名字充满着诗情画意，她的举止优雅从容，她的美貌沉淀着岁月的优雅，她的灵魂既有东方风韵的典雅，又有西方美学的飘逸，她的一生散发着令人敬仰的光芒。

林徽因陪伴父亲林长民赴欧洲考察游学的经历，让她汲取了新时代女性的独立精神。这段经历让她在自己人生的取舍中，知道自己要什么，懂得适时放手，明白要选择志同道合的人作为人生伴侣。

徐志摩在剑桥的惊鸿一瞥，便把她视为"白月光"，对她疯狂追求；一生未娶的金岳霖亦对她仰慕追随。有些爱，止于唇齿，掩于岁月。唯有志同道合的梁思成，入了她的眼和她的心，是她此生的眷恋。

20世纪20年代，梁思成因车祸住院，林徽因悉心照顾他，给他讲笑话。有趣的灵魂可遇不可求，快乐是治愈疾病的良药。在梁思成眼中，温言细语的林徽因是一位灵动的女子。在她的悉心照顾下，梁思成很快病愈出院。

宫崎骏曾说："你和谁在一起最舒服，可以在他面前做回真实的自己，那个人才是你心里最特别、最重要的人。"

爱意随风起，彼此之间的真挚情感让他们有情人携手共度余生。以你之名，冠我之姓，吾之爱汝，唯愿执子之手，与子偕老。

爱从来不是索取，爱是付出，是忍耐，是相守。颠沛流离的岁月，他们在一处村庄里自己设计建造住宅，最窘迫的时候当掉了大部分的财物。但他们依然把庭院打扫干净，亲手做出饭菜。

命运再难，也要淡然应对；生活再苦，也要充满乐观。林徽因用自己的优雅和才华，诠释了女子最好的风姿。

浮世繁华中，安守内心的纯净乐土，不失为一种智慧的选择；大千世界里，相濡以沫的人生伴侣，更是一生志同道合的良人。

岁月匆匆，人间值得，与万事相安，此生温暖纯良，自行，自省，自清欢。人生不易，要给自己加点糖，以深情度年华。一念起，温言细语，时光清浅，步履安然，有味清欢。

听说，草香熏醉了绿

　　"天街小雨润如酥，草色遥看近却无。最是一年春好处，绝胜烟柳满皇都。"草儿不顾春风的寒冷，是勇敢探出头的春色，羞怯地褪去寒冬残留的枯黄，默默孕育着满眼的浅青嫩绿、满鼻的清香芬芳，是春色里最早的色彩和气息。

　　听，从冰封的严寒中解脱的溪水，像个调皮的孩子，叮咚叮咚地唱着歌；看，倒映在河水中的垂柳正在细细数着自己的嫩芽，像姑娘在梳理着自己的秀发；一阵微风悄悄来到枝头，真是"东风随春归，发我枝上花"，吹绿娇羞的嫩芽，吹红娇艳的花朵，吹蓝宁静的溪水，像在演奏一首快活的乐曲。

　　春天在这儿，在那野火也无法烧尽的小草里，一夜之间破土而出，或鹅黄，或浅青，或嫩绿，或碧绿，接天连地，扑面而来,给大地母亲换上绿色的盛装。上天好像偏爱江南,偏爱江南的春。

生命的力量令人动容

丰收季节里,你不小心撒落在田坎、地边、路旁的那些种子,它们没有消失,而是安安静静地躺在土里,等到春风拂面,人间四月天的时候,它们会用属于自己的绿叶打出招领启事。也许,你已经认不出它们的容颜,但是它们却让你认出春天的模样。

只要有土壤的地方,草儿便无处不在。它或许是人们随手扔的,或许是被风吹散了的,或许是从白鸽嘴角掉落的,落进了春天的泥土里,便驻扎下来,生根发芽。

只要春天来临,大地被温柔的风儿吹过,草儿便从美梦中渐渐苏醒,睁开蒙眬的睡眼,带着如饥似渴的希望来到人间。

轰隆隆的一声春雷响,一阵春风吹,草儿们便像比赛一样,拼命地向上生长,钻出土壤妈妈的怀抱,一株株、一簇簇、一片片,满眼满心的嫩绿,好奇地看着这个姹紫嫣红的世界。它们也许会晚到,但是绝不会不到。

娇嫩的草被"随风潜入夜，润物细无声"的雨丝滋润着，它们一天一个模样，从遥看到近观，从嫩芽到一片两片深绿色的叶子，绿油油的，令人心醉。微风中，它们发出沙沙沙的低声细语，喃喃倾诉，像美丽的姑娘在抚摸琴弦，遥寄相思；又像蚕宝宝在津津有味地吃着美食。

我是一棵无人知道的小草，没有花香，没有树高，却勇敢地挺直了腰，在暴风雨中、在剪修后，依然用草香，用绿色，点缀人间。

春天，走在无垠的草地上，连呼吸都是香的。深吸一口气，淡淡的清香沁人心脾；用手轻轻一摸，指尖是柔柔软软的绿，舒服极了。那属于草儿独特的清香让人心生敬意，顽强的生命力熏醉了绿，延伸出无尽的希望和诗意。

"野火烧不尽，春风吹又生"，就是草儿坚韧不拔、生命力旺盛且顽强的最好见证！

草儿也是极其宽容的，任你踩踏、修剪，甚至是用寒冬里的野火烧它，但只要春风一声呼唤，它便用绿色为大地做衣裳，用它特有的清香熏醉整个世界。

见证那份人间的温情

　　"昔我往矣，杨柳依依"是离家的思乡之情，家门前垂柳的一片青绿是心头最美回忆的定格。无论身在何方，将去向何处，那牵着心门的线的那一端永远是故乡。

　　"草长莺飞二月天,拂堤杨柳醉春烟。儿童散学归来早,忙趁东风放纸鸢。"我非常羡慕能写出如此美妙诗句的古代诗人，他们用短短的几句诗句，便可写尽眼前的美景、心中的喜悦和对美好生活的希冀。

　　早春二月，嫩绿的芽儿热热闹闹地恣意生长，黄莺快活地歌唱、飞舞，河堤旁碧绿的垂柳，用纤细的手轻轻地抚摸着嫩绿的大地，嫩绿碧绿相得益彰。这春天的"烟火气"让一切都陶醉了，摇曳了起来。

　　一个"醉"字，写活了柳条的娇柔姿态，写活了柳条的优雅神韵，怎能不说是妙笔生花呢?

　　孩子在草坪上放风筝、嬉闹、玩耍，这一片娇嫩的草带着满足、带着喜悦给予孩子安全的守护和陪伴。

　　这让我想起，有次春游的时候，凡儿在放风筝时，一不小心摔倒了，眼泪扑簌扑簌地往下掉。我轻轻地抚摸着他摔痛的地方,用手指向他摔过的痕迹,地上那柔软的草儿，它们嫩绿的叶子有些已经被折断，有些虽然没断却也伤痕累累，淡淡的草香里伴着一丝忧伤。凡儿止住眼泪，轻轻地说："小草儿，对不起，我伤害到你了，弄疼了你。"

当时我的眼泪却不争气地涌了出来。原来，真正的爱，真正的善良在这里，在宽容里，在你柔弱无私的叶子里，在你勇敢向上的勇气里。

草儿，你见证了孩子们的成长，见证了思乡之情，见证了人间的深情，见证了世间的温暖。你用生命为大地铺上绿地毯，你用草香熏醉了嫩绿。

留在生命中的美好签名

这个时候最是让人心生温柔，也是最适合外出踏青、春游的季节，也可以让一个人静静地感受"青青河畔草，绵绵思远道"的意境，感悟人生的真谛。

匆忙中停下脚步，学着闹中取静，学会深思。草木一生，虽短暂，却是深情在人间留下的美好签名。

记得小时候在乡间，眼前是一片"芳草碧连天"，铺天盖地的是绿，是草，生命力超级顽强。我们会用狗尾巴草做成戒指，会在"天苍苍，野茫茫，风吹草低见牛羊"的草原里寻找"毛丫子"草，给童年增添趣味。

我们蹲在草地上，生怕错过了，像找奇珍异宝一样仔细。找到"毛丫子"草的小伙伴，总是喜笑颜开，迫不及待地剥开一层层淡绿色的茎叶，最里面包裹着的是可以吃的——长着白色茸毛的"草芯"，甜丝丝的，那是我们小时候的"草糖果"，纯天然的绿色食品，更是儿时不可缺少的美味。现在想起，嘴巴里都会泛起香甜的味道。

　　"谁言寸草心，报得三春晖。"是的，这寸草之心，又岂能报答母亲的似海深情？人生或短或长，都在努力活成自己想要的模样。草虽渺小，虽柔弱，却是勇敢、顽强、不畏艰难的。

　　这漫山遍野的草儿，无人问津，它们有的在低处，有的在高处，有的在山坳里，有的在墙壁上，还有的在石缝中，或许只是一阵风导致的美丽错误，但是它们依然用短暂的一生，热烈地活出自己的精彩。

　　有些草儿，会开出美丽的花儿；还有些草儿，是可以用来充饥入药的。

　　马齿苋也叫马齿菜，还叫长寿草。关于它，有个动人的传说：很久以前，天上出现了十个太阳，为了拯救黎民百姓，后羿不得不用箭射下九个太阳，最后一个太阳藏在马齿苋下面，才得以存活。

　　知恩图报的太阳，为了报答马齿苋，让离开土壤的马齿苋在太阳下面也不会被晒死；即使在太阳下变干巴了，只要见水就能复活。

不是所有的草儿都是"燕草如碧丝"的模样，也有些草儿长得很高，就如苏丹草、皇竹草，它们最高可达到五米左右。

当下季节到处都是"草满池塘水满陂"的迷人风景，可以相邀三五好友，或带上家人、恋人，或是"小园香径独徘徊"，无不是一种惬意、一种美好。

活成诗意的模样

尽管环境恶劣，尽管风雨来袭，它们依然在短暂的生命里，肆无忌惮地生根发芽，认真地做出绿色手语，把不经意间的美丽错误，编织成纯粹的风景和优雅。

"春风又绿江南岸"，绿的山，绿的水，绿的麦苗，绿的油菜，绿的枝条，最妙的还是绿的草。江南春如画，江南碧如蓝。

绿色是希望，是正义；绿色是宁静，是安全；绿色更是生命，是生机勃勃。

青青的草，淡淡的香，你用柔软装饰我的诗，你用勇敢点缀我的梦，你用绿色熏醉了人间。

　　愿你在这"迟日江山丽，春风花草香。泥融飞燕子，沙暖睡鸳鸯"的极致美好的世界里，拥有一片精彩和希望，翱翔人生，像草儿一样自由、勇敢、坚强且宽容。

我与文字在一起的三千个日夜

文字属于心。

三千日夜的云和月，八千里路的尘与土，都驰骋在文字的疆域，文字于我功不可没。热爱能抵漫长，温柔可挡时艰。

书中闪闪发光的文字，化作一叶扁舟，在历史长河中穿行，通古贯今，超越时空。

笔下缓缓流淌的文字，化作一叶菩提，前往人的灵魂深处，润泽精神，丰盈智慧。

文字，我之蜜糖，甘之如饴，义无反顾地选择与文字在一起，汲取文字的力量，启发人生的探索，走向自我的蜕变。

三千日夜啊，文字伴我的这一程只是开始。往后，不以生命之长度为限，不以天地之远为碍，仍选择与文字同行，仍热泪盈眶地爱着。

悟出进阶之道，心是清亮的

和文字在一起，心是清亮的。文字于我，是规则，是自省。

深感读书少、境界低，我开始大量阅读，请教师长，用文字开启了自我反省、自我成长、自我蜕变之路。

每天的日记里，装着生活的点滴，研习自己做不好的细节。我的心是清亮的，文字是照清自己的一面镜子，使人自我修正，约束言行，丝毫不敢懈怠；文字是必须坚持的一件大事，日日年年，笔耕不辍，丝毫不能耽搁。

每天的日记里，装着所感所悟，取人之所长，思己之所短；每天的阅读中，入脑入心为准，读尽一本方启其他；每天的练字雷打不动，挥毫泼墨中，不断明人明己。我的心是清亮的，深悟自我修炼之道而持之以恒地做、不折不扣地做，日积月累，终有成效。

文字为伴，我心清亮。

看，文字里藏着志气，装着心境，却总需要有人解读才算数。

与文字在一起，幸运至极，我是勤奋的，我是持之以恒的。这对我是颇有裨益的，让我知道自己该去往哪里。

否则，在灰蒙蒙、阴沉沉的日子里，该如何自处？

大抵，你我都一样吧，都有过这样的境遇，微弱而自卑。但有文字相伴，有一颗坚贞之心，便能找到出路。

坚信文字的力量，心是感恩的

和文字在一起，心是感恩的。文字于"我"，是热爱，是跃迁。

下乡岁月，文字未弃。彼时的梁晓声已是一名兵团战士，一晃便是三千个日夜……

从 1968 年入伍到 1977 年任北京电影制片厂的编辑、编剧，这一路上，文字给予了我力量，文字改变了我的命运。

战友们笑我是个"坐家"，常坐在锅炉边，想着曾经读过的故事，构思着自己的故事。可偏偏是这些故事，陪我度过了迷茫的日子，让我在兵团崭露头角，《向导》的发表成为我步入复旦大学中文系的敲门砖。我的心是感恩的，感恩文字在岁月里将我渲染得真诚质朴，感恩文字将我锻造得内心坚定，感恩文字滋养着我的精神世界。

我热爱读书，对书籍的感激超越常人。在书籍缺乏的兵团，我求知若渴地读着所有可以得到的书籍，我也因此无比珍惜在复旦获得的"书籍自由"。

"读书是最对得起付出的一件事"，驰骋在浩瀚的书海，我整个人都充满了愉悦和富足。我的心是感恩的，感恩读书给自己的人生带来的变化，感恩文字丰富了我的人生轨迹，让我一步步成长起来，实现了人生的价值。

读书和写作是我一生挚爱的事业，与文字相伴是我一生最幸福的事情。

我的心是感恩的，我的感恩化作一种使命和责任，用《人世间》那般的人物和故事，把眼有山河、心有家国之情付诸笔端，让流淌的文字描绘如火青春，见证人生起落，承载历史变迁。

我的心是感恩的，我的感恩化作勇气和底气，敢于稳稳接住命运，微笑回应所遇，做春天的百花、夏天的凉风、秋天的月亮、冬天的雪，让世界因自己而更美丽。

文字为伴，我心感恩。

看，文字里藏着力量，装着故事，却总需要有人读懂才算数。

与文字在一起，我欣喜若狂。我遇见了书，我拿起了笔，我实现了命运的转折。我知道了自己存在的价值。

否则，在灰蒙蒙、阴沉沉的日子里，该如何自明？

大抵，你我都一样吧，都有这样的时候，迷茫又无助。但有文字相伴，有一颗感恩之心，便能打破困局。

演绎另一种"活着"，心是自在的

和文字在一起，心是自在的。文字于"我"，是梦想，是活着。

坚持梦想，拨云见日。彼时的余华立志为文字而活，一写便是三千个日夜……

从 1983 年初露头角到 1992 年《活着》问世，我在这三千个日夜里成长、蜕变、成熟，来了一场活出自我的旅行。

弃医从文、离家乡赴北京，现实里，全都是我追逐梦想的足迹，或深或浅，几乎都是泥泞。可我的心是自在的，这是我自己选择的路，无论如何都要去蹚一蹚。

文字从胸中流出，我有些许迷茫："当我虚构的人物越来越真实时，我忍不住会去怀疑自己，真正的现实是否正在被虚构。"即便如此，我的心是自在的，文字和我已经融为一体，合二为一，文字在现实中书写虚构，在虚构中组合现实。

我日渐感受到文字的神奇，文字里的生活可以重新开始，可以自己精心挑选人生，可以有另一种"活着"的轨迹。我的心是自在的，我可以体验多种人生，可以尽情享受不同人生的魅力。

《活着》这本书告诉人们：活着，要学会与命运讲和。在时间的巨轮中，在一次次的饱受打击中，拓展自己生命的厚度与广度。

现实中的我何尝不是另一种"活着"？努力让自己的梦想活着，让虚构的文字里震撼心灵的部分活着，用活着本身创造出一个又一个崭新的"我"，让一棵树摇动另一棵树、一朵云推动另一朵云。

文字为伴，我心自在。

看，文字里藏着梦想，装着自己，却总需要有人感同身受才算数。

与文字在一起，五味杂陈，我跌入泥潭，我不忘初心，我终于守得云开见月明。我知道自己为什么活着。

否则，在灰蒙蒙、阴沉沉的日子里，该如何自知？

大抵，你我都一样吧。总有梦想照进现实的路口，渴望又无奈。可有文字相伴，有活着的责任，便不会轻易放弃。

待文字如初见

对于文字，开始了，就不要离弃。三千个日夜又怎样，不过是弹指一挥间。

尘归尘，土归土，说的是身体总有消泯的一天。而文字是久远的，有着强大的生命力，无数的诗篇，虽历经千年沧桑，仍吟唱不休。

毕淑敏说："与书隔绝的日子，心无家园。"与文字隔绝，也是一样。

文字赋予我们的何止是规则和自省，何止是热爱和跃迁，何止是梦想和力量……文字给我们的是所渴求的"心有所安放"。

安放在自警、自省的持之以恒中，安放在自我改进、自我完善的自我蜕变中，安放在"投之以桃，报之以李"的感恩中，安放在追逐梦想的执着中……最终安放在你所想安放的地方。

所以，与文字在一起的三千个日夜，以及未来的每一天，都热泪盈眶地爱着它吧，待它如初见。

因为它值得。

长路漫漫，终有归途

弘一法师曾说："路漫漫终有归途，在这路遥马急的人间，你我平安喜乐就好。时间在变，人也在变。背不动的要放下，伤不起的要看淡，想不通的要和解，恨不过的要抚平。"

人生，就是一个不断修行的过程，我们要用一颗平常心去看待事物。

时光荏苒，岁月如梭。

每个生命都渺小如沧海一粟，在时空长河中转瞬即逝。与其纠结困扰，陷入无解的困顿中，不如好好享受当下，在似水流年里，慢品人间烟火色，闲观万事岁月长。

幸与不幸，终有尽头

好的坏的都会过去，幸与不幸都有尽头。所以，别害怕黑夜，因为下一秒就能遇见黎明的曙光。

中国首位女建筑家林徽因是一位才貌双全的奇女子，她不仅是中国国徽和人民英雄纪念碑的设计者之一，还是著名作家和诗人。

林徽因曾说："别想太多，好好生活。爱你的人不会让你什么都没有，路途漫漫终有一归，幸与不幸都有尽头。"

她是这么说的，也是这么做的。

林徽因出身名门，她的父亲是清末民初的政治家、外交家。她是外人眼中的富家大小姐，也是众人羡慕的对象。但生活中的幸与不幸，只有自己亲身经历过才知道。幸的是，她可以享受到良好的教育资源以及物质条件；不幸的是，她亦须终日面对关系僵化的父母，甚至是母亲每天的哀怨与暴怒。

因此，林徽因从小就成了母亲的情绪垃圾桶，噩梦般的压抑生活几乎将她逼入地狱。在这灰暗的童年时代，唯有学习照亮了灰暗，成了林徽因成长路上的光源。

她发愤图强，钻研苦读，让自己在压抑的生活中得到解脱，在生命的困顿中寻得出口；在幸与不幸中独善其身，在黑暗中将自己活成了一束耀眼的光，照亮前行的路。

林徽因终其一生清醒自知，无论是被人误解造谣，还是疾病缠身万般苦痛，她都不屈不挠，如强风中的劲松，任风吹雨打岿然不动。她知道长路漫漫，终有归途；幸或不幸，终有归期。

就如张爱玲说的："繁华与生命都是要消失的，唯时间变动不居，傲视着去去来来的人群。"我们与其在旋涡中苦苦挣扎，不如身着铠甲顺势而为，坚守本心静待花开。

一切尽意，百事从欢

有这么一段话："把圈子变小，把语速放慢，把心放宽，让生活打理简单。用心做好手边的事情，不恋尘世浮华，不写红尘纷扰；看天上的月，吹人间的风，过平常的日子。该有的，总会有。"

世间纷纷扰扰，人群聚了又散。我们常常行色匆匆、马不停蹄，忽略了身旁的美景，甚至不清楚自己为什么走得这般着急。

人生短短几十载，匆匆一世似烟云。与其漫无目的地赶路，机械式地前行，不如把脚步放慢再放慢，看一看身边的风景，等一等自己的灵魂，问一问自己到底要做什么，想要去向何方。

胡因梦是世人眼中一个离经叛道的女人。她曾高分考入辅仁大学，却在大二突然退学，只身前往纽约。在影视事业发展如日中天时，她毅然选择息影，退出光鲜亮丽的影视圈。在众人的反对与责问中，她不顾一切与李敖结婚，又在婚后短短一百多天，决然抽身回归人海。

如果明知道此路不通，还碍于外界的看法，闷头前行，一条道走到黑，非但得不到想要的结果，还会让自己遍体鳞伤。

胡因梦的每一次抉择，在世人眼中都是任性妄为、毫无章法。实际上她的所作所为才是对自己的人生负责。

对于流言蜚语、是是非非，胡因梦总是淡定地说："我的人生无须完美，只需对自己负责。"

她将精力投身于对心灵的探索和追求精神的富足中。她选择从繁入简淡出世间，走入寂静的内心世界，体味纯粹鲜活的人生。

胡因梦是集气质与才华于一身，活得透彻且有大智慧之人。她知道一切尽意、百事从欢，顺着心走，将自己活成想象中的模样。

世界本无恙，唯有人心太痴狂。我们所受的苦大都源于想不通，悟不明，得不到，又放不下。太过纠结于对错、执着于结果，却不小心陷入了无解的深渊。

你我皆是黄泉预约客，也是人间寄居者。难得来人间一趟，愿岁月不声不响，我们不慌不忙。在嘈杂的生命里，一切尽意、百事从欢便好。

勿忘初心，方得始终

有人曾说，初心是什么？初心也许是一个远大的志向，也可能是一个简单的梦想。有的初心，走着走着就寻不到了；而有的初心，离得再远，我们依然会坚定地想办法靠近它。

孔子说，居之无倦，行之以忠。稳得住初心，方能守得云开见月明。

苏东坡是北宋文学家、画家、诗人，他性情豪迈，爱憎分明，不随波逐流。这也注定了他的仕途势必坎坷。他在官场中因与朝廷官员政见不合，且为人耿直，不与"蛇鼠蝼蚁"为伍，因此多次被卷入朝廷内部斗争，沦为权力相争的牺牲品。

他一次又一次被贬谪，一次比一次偏远。但他用积极入世的态度，面对人生的三起三落。在跌宕起伏的人生中坚守本心，重新寻找合适的人生位置。

"乌台诗案"中，苏东坡与死神擦肩而过，后被贬谪至偏远的黄州，一去就是四年。苏东坡没有因没落而颓废，在黄州的四年里他反而积极入世，为民造福。

他为地方主持兴修水利工程，为群众发展农业纺织品，成为黄州百姓敬重的父母官。

林语堂说，苏东坡是不可无一、难能有二的人间绝版。是一个无可救药的乐天派。

正是坦荡的胸襟与豁达的人生态度，让他在泥泞的逆境中过出了世外桃源般的惬意之感，让他在波涛汹涌的暗流中，硬生生把天崩地裂活成了岁月静好。他不仅拥有尘世之外的清醒，还存有一颗为民造福的菩提之心。

"一蓑烟雨任平生""也无风雨也无晴"。苏东坡豪迈洒脱，游历人间，坚守初心，不为荣辱所动。那些顺境、逆境、磨难、考验，都犹如轻飘飘的柳絮，丝毫影响不了他的人生信条，改变不了他的生命轨迹。

勿忘初心，方得始终。在这变幻莫测的世界，我们只有坚守本心，才能坦然面对人世间的纷纷扰扰；只有守得住初心，才能看得见繁华。

人生路漫漫，幸与不幸都有尽头。离去的都是风景，留下来的才是人生。

那些伤害不了我们的，终会使我们变得更加强大；无须为眼前的不幸感到悲伤，等到以后回头看，我们会发现，所谓的不幸，只是繁花盛开前的磨砺。

　　这人世间看似纷乱嘈杂，其实只是一个人的孤旅。要来的挡不了，要走的留不住。所以，面对疾风别恐惧，面对失去别忧心。

　　一步一景一浮沉，一人一心历人间。只要坚守本心，定能坦然面对人生中的疾风骤雨。

让时光的美好永如初见

和风煦日，阳光洒满林间；明月皎洁，月光照亮山谷。晨钟暮鼓，千山万水地奔赴，只愿一切如故，你我如初。

人生若只如初见，安享那一份恬淡自然，静看花开花落、云卷云舒，永葆赤子之心，留下美好的记忆。

人生若只如初见，你我情出自愿，不负遇见。爱意随风起，有良人相伴，不妨共赏人间烟火色。

人生若只如初见，品味风味人间的至味清欢，以欢喜心慢度日常。岁月静好，安然若暖，以平常心静待花开。

捧一杯岁月的美酒，敬美好时光，敬温暖如初。

恬淡岁月，永葆赤子之心

孟子曰："大人者，不失其赤子之心者也。"

时光荏苒，人生不易，痛而不言是历练，笑而不语是成长。且停、且忘、且随风，且行、且看、且从容。这一份淡定从容，是历经岁月磨难，仍然不改初衷，永葆赤子之心的情怀。

丰子恺就是拥有赤子情怀的人。他是中国现代漫画的开山鼻祖。他创作的古诗新画，既幽默又富含哲理。他的画常常妙趣横生，初见时让人会心一笑，却往往寓意深刻，如片片落英，含蕴着人间情味。

中国现代美学的奠基人朱光潜评价他的画里有诗意、有谐趣、有悲天悯人的意味。置身俗世凡尘，却令人啼笑皆非，肃然起敬。

人之初，对外部的世界心怀美好。在历经人间事的磨炼后，似乎已与最初的那颗心背道而驰。压抑的困苦，碰壁的打击，炽热的情感折磨，无一不在考验着深植于胸的赤子之心。

寻求心灵的寄托似乎是一剂良药。释放压抑的心灵的方式有旅游、品尝美食、写作、绘画，而艺术就是最好的解压方式。

丰子恺用绘画的方式向外界传递自己的温暖，教我们重新做回孩子，寻找如孩子般纯洁的童心。

"童心"即"趣味"。童年时光，那是纯真的世界，生活本身就充满着趣味。纯洁的"童心"根植于内心，往后余生，也会用纯洁的心灵领略世间万物，缓缓而行。

宇宙浩瀚，万古长河，唯一追寻的心灵慰藉，恰好是人生的这颗纯洁的童心，人生至情至性的最高愉悦也是这颗童心。这便是孟子所言的"赤子之心"。赤子之心便是孩童的本心本性。

恬淡岁月中，领悟温暖有爱的生活，感受时光美好的静谧。

一生不舍岁月与温柔，回归自己的初心。心有归处，无畏无惧；心若安然，无悲无喜；心怀温暖，赤子如初。

爱情之美，源于情有独钟

爱情是两个亲密的灵魂，在生活中油然而生的和谐与默契。

这一辈子，我们何其幸运，才能遇到灵魂契合、携手一生的人。上天安排也好，命中注定也罢，今生相遇，只愿我们无言也默契，不语也理解。

爱情是司马相如与卓文君的琴瑟和鸣，是贾宝玉初见林黛玉的惊为天人，是沈复与芸娘的白首不相离。

爱情是"玲珑骰子安红豆，入骨相思知不知"，是"两情若是久长时，又岂在朝朝暮暮"，更是"在天愿作比翼鸟，在地愿为连理枝"。

真正的爱情不只是一见钟情，更是日久生情；真正的爱情源于内心对彼此的仰慕，在两情相悦的基础上，心甘情愿地真心付出；真正的爱情是初见欢喜，久处仍怦然。

爱情中的人，心有灵犀一点通。不是天天见面，却知你悲欢，懂你冷暖；不是锦上添花，却在你低谷时事无巨细地为你考虑。

爱情中的人，所求不过一生温暖与良人，所遇皆美好，所念皆所愿。爱一个人，就会竭尽所能让对方快乐。岁月悠长，深情于烟火，执着于远方，落笔人间，且以深情度年华。

好的爱情是对灵魂的滋养。有这样一个人，住进你的心里，是空闲时的心灵归宿，是忙碌时的前行动力；有这样一个人，与你依偎看清晨的朝阳，与你牵手徜徉于花海，与你拥抱在失落的夜晚。

做喜欢的事，爱所爱的人，相遇即久伴。一生安好，于平淡中思念，清风拂面，点点相思愁；于守护中陪伴，采菊东篱，悠然山水间。

好的感情，要彼此付出，彼此牵挂，彼此不离不弃，彼此懂得珍惜，才配拥有天长地久。

爱是浪漫的开始，一个人喜欢你，把你妥帖安放在心里，不必你费尽心思去猜，给你别人给不了的踏实感。一个人的一生，遇见对自己好的人容易，但遇见始终待你如初的人却并非易事。真心难得，遇见了就好好珍惜。

爱情是人间值得，遇见你，请牵紧我的手，让时间来证明，我们的爱是美好的相逢，更是如初见时的惊鸿一瞥。

慢煮生活，闲情雅致清欢

慢煮生活，岁月不声不响，我们不慌不忙。以素心阅来日方长，清风明月，烟火一生。

散文家汪曾祺在岁月静好的生活中一茶一饭过一生，时时满怀对生活的喜悦。他认为人生就得有兴致。

汪曾祺不会下棋，不爱打牌，偶尔饮两杯小酒。兴起时，在宣纸上随意画两笔，皆是"芳春"。

他外祖父家的书房里挂着条幅"无事此静坐"。静是一种雅致，也是一种修养。静观万物，才有闲情欣赏盎然的人间生活。一杯清茶，静坐片刻，时光的静美尽在不言中。

其实，生活中从来不缺少美，缺少的恰恰是发现美的眼睛。雨过天晴后出现的彩虹，夕阳西下的落日余晖，星光灿烂的夜空，万事万物都有无形和有形之美。

当我们把生活节奏放慢，就能感受到无处不在的生活之美：人间草木的繁茂，林间小溪的潺潺流水和"最是一年春好处，绝胜烟柳满皇都"的春意盎然之美。

《论语》中提及"兴于诗，立于礼，成于乐"，我们要有审美的闲情逸致。

生活美学家雪小禅寄情诗与远方。她每年都要远行很多次，一直在路上，看山川河流，看草木情深，看街边小巷，看古建水乡。

她无惧岁月的流逝，永远怀着一颗远行的心，热爱生活，心有星辰大海，走在不同的光阴里，灌注着行走的力量和生命力。

古朴而雅致的生活，慢品人间烟火色。她走在杭州的街道上，感受这座城市散发着的清凉和烟火的味道；她走在武夷山的茶园中，探寻茶山喝老茶；她走在泉州的小巷里，品尝海蛎煎和大肉粽。

她穿过历史与李渔相遇，他们对天地万物皆饱含深情。

玩了、吃了、喝了、爱了、恨了，痛快一生、快意一生，逍遥自在。

雪小禅以淡淡的文笔，诉说似水流年，展示最有意蕴的风雅生活。她在旅行中感受人间万物，在书画中触摸如梭光阴，在生活中品悟花开花谢，在四季轮回中涵养闲情逸致。

一个有趣的灵魂，在静好时光中，安享坦然舒适，美好如初。

"众里寻他千百度，蓦然回首,那人却在,灯火阑珊处。"跨越千山万水，熬过山重水复，生活总有不易和心酸，不妨与诗意和美好相伴，一生有趣有盼，一世有梦有暖。

在人生的长河中,在逐梦的旅程中,我们更要静下心来，落地生花，把生活过得诗情画意，返璞归真。

人生最大的快乐不在于拥有什么，而是在人生的赛道上，以赤子之心，追求美好的事物；以爱的供养，温暖寂寥的心灵；以清欢生活，不染岁月风尘。

星辰入梦，美景入心；林深见鹿，海蓝见鲸。人间烟火灿烂，时光岁月淡然。

赤子情怀，守一处静美，让岁月生香，使人生无恙；让生活有趣，予时光永恒。

你的奋斗，不需要任何理由

许多人都曾说过，我们只有努力奋斗，才能有好的前程，才能过上物质无忧的生活。

这样的言论，虽然并没有什么对错，但却给奋斗披上了一件充满功利的外衣。何谓奋斗？其实就是人们对待人生的态度。

有人说过这么一句话："这世上，有一条路不能选择，那就是放弃的路；有一条路不能拒绝，那就是成长的路。"

在这条成长的路上，奋斗，早已是人生常态，是为了完成我们心中的信仰。奋斗本身，就是一种宝贵的财富。

奋斗不需要理由，它是生命的常态

说起奋斗，很多人自然想到两个字——目标。好像有了目标，才有了奋斗的理由，才有了追梦而行的动力。

其实，奋斗何需理由！普通如你我，奋斗，就是生命的常态。

如果农民不种地，我们都要饿肚子；如果工人不开工，我们的生活就得不到改善。

只不过，我们认为农民种地、工人开工是天经地义的，是一种普通的生活方式，配不上"奋斗"二字。可生存下去就是奋斗的首要目标。

奋斗的日子，至少手里有粮，心中不慌。

奋斗已经成了一种常态，唯有努力才是我们该有的生活态度。

这两年，人们经常把"躺平""摆烂"挂在嘴边。可持这种生活态度的人，依然会感到焦虑！

反而是努力奋斗的人，即使偶尔有些负面情绪，也能很快调整过来。毕竟，天天努力奋斗的人，可没那么多闲工夫去焦虑。

当你为孩子的学费一筹莫展时，努力的人已经利用工作之余开展了副业，如自媒体创业、送快递、开滴滴、当烧烤小工……

我们无法确定明天会遇到骄阳还是风雨，但我们可以预先为自己准备好雨伞。

奋斗是现代人该有的生活态度，与年龄无关，与家境无关。当我们认真对待生活，我们的人生也将因努力而变得充实。

奋斗不需要理由，它是一种信仰

现在网上经常有人调侃：不好好奋斗，就得回去继承家产。

既然家中已有产业可以继承，为什么还会有人舍弃安逸的生活，去选择一条铺满荆棘的奋斗之路呢？

知乎上有一个高赞回答：奋斗不一定是为了钱，而是为了完成我们内心笃定的信仰。

出身于楚国贵族的屈原，因幼年时看到连年征战使百姓的生活苦不堪言，就立志要振兴楚国，让百姓远离战乱，过上太平的日子。

从那以后，屈原日夜苦读，终于在二十岁那年，成为太子侍读。这个在人们眼中前途无量的职位，在屈原看来，只是离"让楚国百姓过上好日子"的理想更近了一步。

之后的四十多年，屈原用"路漫漫其修远兮，吾将上下而求索"的奋斗精神，为楚国的富强而努力，为楚国人民的幸福而奔走。他致力于变法改革，每每在楚国危难之际勇于担当，力挽狂澜。

无奈楚怀王近小人、远贤臣，令屈原屡遭陷害，一生被流放数次。

可即便如此，屈原依然不改初心，纵然以身殉国，也没有放弃心中的理想。

屈原的一生是悲壮的，他的理想虽然没有实现，但他为了信仰"虽九死其犹未悔"的精神，影响了后世几千年。他告诉我们：为了信仰，奋斗不息，不管结果如何，都是值得的。

信仰是一种无穷的力量，它不是奋斗的目标，而是奋斗的动力。正是这个动力，驱使着我们不断向前。无论前面是鲜花满地，还是荆棘丛生，我们都要努力把握生命中的每一分钟，让自己的人生无悔无憾。

奋斗不需要理由，它是一种财富

人生就是一本书，躺平的人，永远只能看到第一页；而奋斗的人，就算看不到结尾，但书中跌宕起伏的情节，也足够余生回味无穷。

西晋时期，有个年轻人叫左思，不但人丑，脑子还不灵光，嘴又笨，智商、颜值、口才都不在线，不管写字还是练琴，干啥都不行。

父亲每每见到这个不成才的儿子，都不禁唉声叹气，这孩子没救了。

看着父亲失望的目光，左思觉得，与其被父亲看扁，不如写篇文章来证明自己。

此后，他潜心研究学问。可他的努力，并没有换来人们的赞誉，周围人反而对他冷嘲热讽。才子陆机曾笑话他不自量力，一个粗鄙之人也配写《三都赋》。

对于这些闲言碎语，左思充耳不闻，一心只想把《三都赋》写出来。

十年磨一剑，《三都赋》终于出炉了。可《三都赋》到底写得如何，左思心里也没底。他只好硬着头皮去找当时的名士皇甫谧。不料，皇甫谧看后，连声叫好。

一时间，《三都赋》成了名副其实的爆款，达官显贵争相传抄，"洛阳纸贵"成为当时一景。

左思怎么也没想到，他的这篇文章会成为那一年的"流量担当"。

人生是一段旅程，只有不停地走，才会遇见不同的风景。而我们所要做的，就是不要给自己设限，即使头顶的天空是灰的，脚下的路是崎岖不平的，但这块云彩、这段小路，终将成为我们记忆中的珍宝。

电视剧《人生之路》中的高加林，他的前半生，真配得上"命运多舛"这四个字。本来高考十拿九稳，可录取通知书被村主任截获，让高双星顶替他上了大学。

被蒙在鼓里的高加林，当然不想种一辈子地。就在他准备复读的时候，母亲又受伤了，高加林只能对大学梦按下"暂停键"，去村里小学当老师，也算是有一份收入可以用来补贴家用。

在那所破旧的小学里，高加林用自己微薄的工资，一边勤奋教学，一边美化校园。在他的努力下，校园变得有模有样、书香四溢，孩子们的成绩也是芝麻开花节节高，高加林成了孩子们最喜欢的高老师。

经历种种磨难，面对生活，他完全有理由摆烂，可他却在看似无望的生活中，努力着、奋斗着……

但问耕耘，不问收获。每一个高光时刻的背后，都有一连串奋斗的足迹。当我们回想起这段历程的时候，最值得回味的不是登顶时的光芒万丈，而是这一过程中所积累的经验、所见到的风景，这才是滋养我们一生的财富。

人生中最值得欣赏的风景，就是自己努力奋斗的足迹，不论结果如何，这个过程就足够让你闪闪发光。

现实生活中，我们经常会给奋斗找一些冠冕堂皇的理由，但当我们真正理解奋斗的内涵时，那些冠冕堂皇的理由，反而显得没那么重要了。

每个人都有潜能，都有一个可能会爆发的小宇宙，而我们的奋斗，就是小宇宙爆发的前奏。这个前奏是纯粹的，是不需要任何理由的。

并非有了远大的目标，我们才去奋斗，而是只有奋斗，我们才能看到不一样的自己。

奋斗能让我们的内心感到满足、感到愉悦，这才是奋斗的意义。

为生命而阅读

宇宙无涯，生命有限。如何让我们的生命更有宽度、广度和厚度？只有一件事能做到，那就是阅读。阅读几乎天天都会发生：有时是浏览自媒体上的文案，有时是在闲暇时光翻阅的一本纸质书……有的人泛泛而读，有的人忘我地阅读，而有的人则用生命去阅读。

《皮囊》中有这样的话语："真正能给你撑腰的，是丰富的知识储备，足够的经济基础，持续的情绪稳定，可控的生活节奏和那个打不败的自己。"

我们的知识底蕴和内心的强大恰恰源自阅读，其他事情可随遇而安，唯有阅读不可辜负。

阅读成就自己的人生

亘古历史长河中，如果没有书籍带来的心灵慰藉，那么文化层面则不亚于荒漠。阅读书籍让我们增长学识，明心见性，积累内心的力量，积极应对生活中的挑战。

《我与地坛》的作者史铁生就是在阅读和写作中，寻找到支撑生命的力量的。

史铁生于 1951 年在北京出生，二十一岁时因为生病开始了在轮椅上的生活，三十岁开始从事写作，后来因为患有尿毒症，一直靠透析维持生命。

在这样一个又一个的打击之下，他并没有颓废，更没有放弃自己，疾病恰恰磨炼了他惊人的毅力和顽强的意志。他是一个生命的奇迹，在他漫长的轮椅生涯中，攀登了一座又一座文学的高峰。

史铁生在多部作品中提到的一座废弃的古园，就是地坛。在尚未成为旅游景点之前，地坛荒芜如野地，充满了静谧的氛围。

这座历经四百年沧桑的古园，似乎专为等候他而来。在满园弥漫的沉静光芒中，他摇着轮椅缓慢前行，偶然间踏入，便再也没有离开。在这里，他身临其境地感受岁月的斑斓，品味时光的味道，积攒全部的情感和意蕴。

无论是晨光熹微的早晨，还是骄阳似火的白昼，他都曾来这里体验读书的时光；他也曾在静夜中朦胧的月光下，来这里回忆母亲的音容笑貌。因为这里，他感恩命运。

在写作这条路上，史铁生笔耕不辍，硕果累累，出版了很多短篇小说、长篇小说、电影剧本和随笔散文等。作品曾荣获鲁迅文学奖、老舍散文奖等。鼓舞了千万人从阅读中汲取智慧和勇气。每个阅读他文章的人都更有力量去好好生活。

人生是需要阅读的，阅读能使人聪慧，阅读能使人明理，读书就是站在巨人的肩膀上前行。

从古到今，大凡有成就的人都是勤奋读书之人。

学而不思则罔，思而不学则殆。阅读不仅要理解文字的表面含义，更要学会思考文字的深层意义，努力做到知行合一。求得生活真知，悟透人生的道理。

阅读带来命运的改变

2023 年的《中国诗词大会》亚军获得者朱彦军，就是为生命而阅读的人。

朱彦军做了三十多年的锅炉管道安装、维修等工作，但无论做多苦多累的工作，只要有空闲时间，他就用来阅读和背诵自己所热爱的中国古诗词。

凭着对诗词的深度思考和理解，他一路过关斩将，最终斩获 2023 年《中国诗词大会》的亚军。虽然与冠军失之交臂，但他那种对诗词阅读的热爱以及持之以恒、锲而不舍的精神，非常值得我们去学习，这也深深地影响并鼓励着我。

无独有偶，2018 年的《中国诗词大会》也有一位独特的选手，他就是外卖小哥雷海为。

雷海为小时候深受父亲影响。六岁左右，爸爸就经常读古诗词给他听，自此他的心里埋下了热爱诗词的种子。

长大后，工作之余，他把时间都用在了阅读上，有空就去书店看书。如果遇到自己喜欢又价格较贵的关于诗词的书籍，他就把诗词背下来，回家再默写一遍。如果有忘记的诗词，就等下次回到书店再看一遍默背下来。

再到后来从事外卖配送工作，在等红绿灯时或者等待取餐时，别人都在刷视频、打游戏，他却抓紧一切碎片化的时间背诵古诗词，丝毫不在意别人对他的嘲笑以及不理解的目光。

厚积薄发，他终于有了大显身手的机会。2018 年，他报名参加一年一度的《中国诗词大会》，不负众望，一举夺魁。他的命运因此得以改变，一家教育机构很赏识他的才华，重金聘请他当老师，也圆了他学习研究古诗词和讲授古诗词的梦想。

阅读，让我们的人生在命运的转角处豁然开朗，让我们的人生境界大不同。

阅读拓宽生命的宽度

吾生也有涯，而知也无涯。有限的生命，在无限的知识海洋中畅游，让我们的生命多姿多彩。在耳熟能详的故事中，领略先人的智慧。

我们都知道"铁杵磨成针"的故事，这个故事与"诗仙"李白有关。

唐代伟大的诗人李白，小时候不愿意读书，经常出去玩耍。一次，他看见一位老婆婆在石头上磨一根铁棒子，他就走上前询问："老奶奶，你在做什么？"

老奶奶说："我要把它磨成针。"

李白问："这么粗的铁棒子什么时候才能磨成针啊？"

老奶奶说："只要功夫深，铁杵磨成针。我早晚会把它磨成针。"

李白一听，心想："老奶奶都能把一根铁棒子磨成针，我不能再这样贪玩了，要好好读书。"他的内心很惭愧，回家以后，就开始刻苦读书，最后成为一代大诗人。

世上无难事，只怕有心人。当我们自己越来越自律时，就会发现生命的美妙之处，这种感觉我们在阅读中也是深有体会。

书中自有黄金屋，书中自有颜如玉。阅读倒不是真的为了黄金屋和颜如玉，其意义在于让我们对生命展开深度思考。

范仲淹幼时家贫，但他对读书的追求矢志不渝。在家苦读多年以后，他前往应天府的南都学舍继续读书。

在南都学舍的五年中，他废寝忘食，有时夜里感到昏昏欲睡，他就把水浇在脸上，让自己清醒。范仲淹白天常常忘记吃饭，直到傍晚才略吃一点，只因为要节省时间去读书。

就这样，他领悟到了传统国学的精髓，从先人的智慧中获得感悟，立下造福天下的志向。他常常对自己说："先天下之忧而忧，后天下之乐而乐。"范仲淹以此为座右铭，并且说到做到。

"横眉冷对千夫指，俯首甘为孺子牛"的鲁迅先生也曾为了读书嚼辣椒驱寒。

鲁迅先生少年时，曾经在江南水师学堂读书。因为他的成绩优异，学堂奖励他一枚金质奖章。他拿到南京鼓楼街头卖掉，所得收入大部分都买了书籍，还顺手买了一串红辣椒。每当夜晚感到寒冷时，他便摘下一个辣椒，放在嘴里嚼，用这种办法驱寒，然后坚持阅读。后来，鲁迅成为我国著名的文学家。

阅读，拉近了我们与先贤的距离，让我们从他们的智慧人生中汲取能量，以此拓宽我们生命的宽度。

用生命阅读更有意义

用生命去读书，用阅读去诠释人生。我们应感恩生在这个美好的时代，可以阅读大量优秀书籍；我们要努力好好阅读，好好完善自己。

阅读可以让我们与同频的人联结，只因为每个生活在这个世界上的人，都不是一座孤岛，都会和其他人产生关联。

阅读不但能增长我们的智慧，还让我们思考生命的意义，为国家和社会变得更加和谐美好贡献自己微薄的力量。

煮一杯清茶，品一本好书。生活就是一本书，跟随先贤的脚步，用生命去阅读，用脚步去丈量世界。

日出有盼，日落有念，心有所期，忙而不茫

　　一生很短，一朝一暮，半是日升日落，半是月圆月缺。我们终其一生，无非是在追求幸福，可幸福究竟是什么？

　　有人说，幸福就是开豪车住豪宅；有人认为，幸福就是健康地活着；有人觉得，能够和心爱的人在一起就是幸福……

　　歌德说："人之幸福，全在于心之幸福。"

　　的确，幸福源于我们内心的一种感受，每个人都有自己不同的生活体验，对幸福自然也会有不同的看法。我觉得幸福是：日出有盼，日落有念，心有所期，忙而不茫。如此，人生才会更加丰盈、幸福。

日出有盼，日落有念

人们常常说，初来人间不知苦，回头已是苦中人。当我们双脚踏入这滚滚红尘中，就已经开始风雨同舟，甘苦与共了。

生活，总是十之八九不尽如人意，还有一二马马虎虎。与其饱尝生活的苦，不妨给自己一个盼头，如同往苦药里加点蜜饯。这样，生活会变得多一些甜、少一些苦。

这盼头，可以是一场心心念念的电影，一段渴望已久的爱情，一次一直想去又被绊住脚的旅行。

人一旦有了盼头，就会觉得明天更美好，也会更加期待它的到来。

经常听到有人说：孩子还小，等他长大了，我就怎么怎么样。这就是盼头，盼着孩子长大了，就可以去做自己一直想做却还没机会去做的事情。

心有所盼，让人精神愉悦。人，若往好处想，日子会过得简单快乐；若往坏处想，只会情绪压抑，对生活没有了期待和热情，容易把生活过成一团乱麻。

长路漫漫，总有归期。如果总是负重前行，人累心也疲。给自己一些盼头，让生活简单些、纯粹些。历经山河，不如意的风景也是风景，用心走好脚下每一步，依然会觉得人间值得。

每当万家灯火亮起的时候，还在下班路上的你会想些什么？我想，此刻最幸福的事情莫过于：推开家门，有一个稚嫩的声音响起；有一盏温暖的灯亮着；有一桌热气腾腾的饭菜；还有温柔的爱人，等着你回来。

尽管路上的夜风有点冷，但只要一想到家里还有等待你的人，心里也会感到温暖，脚步也会不由自主变得轻盈。

推开家门，白天所有的疲惫、不如意，都留在了门外，内心已被家的温馨和爱融化、抚平。

有的人，为一个人喜欢上一座城。如果你住的城里有爱你的人，天黑了有人为你亮着灯，天冷了有人为你添衣。请别再逞强，早点回家吃饭，别让爱你的人久等。

挂念，是一种无言的温暖，无论走到哪里，都不会觉得孤单无助。因有挂念，两心相依，冬天亦不觉寒冷。

心里住着个你，心有挂念，无论距离多遥远，心里也会装满浪漫的温柔，即使天涯亦如咫尺。

彼此挂念，是心灵深处的幽香，绵远而悠长；是心湖泛起的层层叠叠的涟漪，灵动而曼妙；是心田上的一束阳光，温暖而明媚，艰辛的生活也充满希望和活力。

心有所期，忙而不茫

墨西哥有这样一个寓言：

> 有一群人在匆匆忙忙赶路，突然，有一个人停下来不走了。旁边的人以为发生了什么事，就关切地问他："你怎么不走了？是哪里不舒服吗？"谁料那个人答道："刚才走得太快，灵魂跟不上，我要停下来等等它。"

今天的我们，就像那群匆匆赶路的人，每天不是忙着各种繁杂事务，睡眠不足，就是思虑过度，内心不安。

早上不是自然醒，而是被闹铃叫醒的，睁开困乏的双眼，又开始了繁忙的一天。我们似乎活成了听从指令的机器人，没有时间停下来。无法顾及自己飘浮混浊的心，无法让它沉淀下来，结果日子越过越迷茫。

《咏良知四首示诸生》是王阳明写的一组哲理诗，其中的第三首非常出名：

> 人人自有定盘针，
> 万化根源总在心。

却笑从前颠倒见，

　　枝枝叶叶外头寻。

　　王阳明认为，人的本心就是定盘针，一切在于心，心主宰着万物。万物会随着心发生变化，只要我们内心不动，一切都会豁然开朗。

　　生活中充满了各种偶然和不测，许多人的心情和心境容易受到影响。当事情发生时，他们经常会手忙脚乱，甚至越忙越乱，结果事情只会变得越来越糟糕，自己也被弄得疲惫不堪。

　　为什么会这样呢？

　　那是因为心中杂念太多，得失心太重，心里只想要得到好的结果，害怕得到坏的结果，无法用平和的心态去应对。

　　不管周围环境如何，遇到任何事情，都能宠辱不惊，时刻保持一颗淡定从容的心，排除外界所有干扰，只专注地去解决自己眼前的问题，这才是静心的至高境界。

　　正如丰子恺所说："既然无处可逃，不如喜悦；既然没有净土，不如静心；既然没有如愿，不如释然。"

　　一个人，只有当他静下心，才不会被外界所负累，从而真正获得心灵上的自由。真正的静心，不是对窗外事不闻不问，而是当他肩负重任时，依然能够不慌不忙，笑看春花明月。

时间留白，忙闲两相顾

静心的智者是怎样让时间留白，忙闲两相顾的呢？

曾看过这样一个故事：

在一个寺院里，有一个小和尚每天从早到晚忙个不停。一天，他问师父："我已经很努力去做事了，为什么还没有一点成就呢？"

师父让小和尚拿来两个空碗，他先把核桃放进一个碗里，又放入大米，最后倒水进去，碗满了。

接着，他又在另外一个碗里倒满水，再放米进去，碗里的水流了出来。

"现在还能往碗里放核桃吗？"师父问道，小和尚摇摇头。

师父语重心长地说："假如你的生命就像这个碗，如果里面只装着水和大米这样的小事情，大核桃哪里还能装得下呢？"

小和尚这才恍然大悟。

生活中，很多人就像这个小和尚一样，每天从早忙到晚，可都是在瞎忙，没把时间花在重要的事情上。

做好选择，远比瞎忙要重要得多。

励志的摩西奶奶说："真正地爱自己，不是去牺牲掉所有的时间和精力，去打拼什么辉煌的未来，而是在当下，努力去做自己喜欢做的和有趣的事情，让自己的内心充盈着喜悦，让现在的每一天，都以自己喜爱的方式度过。"

人生苦短，我们想要做的事情很多，但时间和精力有限。与其花许多时间和精力去做很多事情，不如只专注去做我们喜欢的重要的事情。

当我们把时间塞满时，也把幸福挡在了门外。适当给时间留白，忙闲两相顾。

把时间分给睡眠，分给运动，分给家人，分给对这个世界的喜爱。老窗下，看一本泛黄的书，煮一壶青梅酒，听雨落于瓦檐，看云雾缥缈如烟。去寻找一份清淡如水的宁静，让灵魂愉悦又有趣。

人生，要有必需的忙，也要有必需的闲。忙时有序，闲时有趣，人生会更加充实更加富有生命力。

春天在路上，花朵在枝头，每个人的生活都有一地鸡毛，只是有的人把这一地鸡毛扎成了美丽的鸡毛掸子。属于你的美好别人抢不走，总有新的故事值得期待，如同月落日升，该来的都会来。

心有安处，爱有归处。坚定自己的内心，让时间留白，才能倾听到灵魂的声音。慢慢修行，缓缓前行，只为遇见一个更加丰盈、幸福的自己。

笛声悠扬，迷失了晚睡的月

四月，被暮色笼罩的青神沟深处，荧光遍野，如梦似幻，在沿河而居的客栈小筑，悠扬的笛声，恣意流淌在这远离喧嚣、触手可及的真实世界中。

于是，我放下了手机、熄了灯，任月光肆意地漫延进来。闭上眼，伴随笛声而来的还有蛙叫虫鸣、潺潺水声……喧嚣渐渐退去，身心倍感轻松，在盈盈月光下，宛如步入世外桃源……

仿佛有这跳动的音符在，月亮就不会睡去，我就不会孤独。月亮也不再让人感到寂寞，而是让人在安静之中沉醉。

你看，月亮在温柔地笑着，笛声在娓娓诉说着，那无人可说的往事、那刻骨铭心的人……

渐渐地，月色蒙上一层淡淡的光，而笛声也忽远忽近，在沉寂的夜的深处如泣如诉。它牵动着思绪，带领我慢慢地走入回忆之中。

如泣如诉，在月色中回忆起那份深情

孤舟渔帆有佳人，一桨一河盼君归。烟雨晴空惆怅在，独眺白云影思念。

眼前仿佛有一位长发飘飘的素衣女子，缓缓地从一叶孤舟上走到湖边的竹丛间，轻轻地拿着笛子，手指轻盈灵巧，在笛孔间轻轻地滑动，轻柔的笛音缓缓地从唇边溢出，湖面上的月光也随着节奏漾起层层涟漪……

笛声时而和缓时而激昂，躲在云后的月亮侧过了身，皎洁的月光成为背景，竹叶纷纷落下，跟着律动热闹了起来。

女子的裙裾也随着这阵微风而舞动，这悠悠的韵律，仿佛诉说着她少女时幽怨的情怀。

她曾经喜欢过一个人，是满心满眼的喜欢，仿若"山河远阔，人间星河，无一是你，无一不是你"。没有世俗凡物的考虑，只有情真意切。是"问世间，情是何物，直教生死相许"！

那是一个年轻、充满好奇的年龄，重视纯粹、至真的精神世界。正如"少年不识愁滋味""为赋新词强说愁"，仿佛一定要爱上点什么才算是真正的青春。于是轰轰烈烈地爱，不顾一切地付出，总算有了牵绊，总算拥有了"因为你是你，如你所是"的爱情。

然而，"寒灯纸上，梨花雨凉，我等风雪又一年"。

在年复一年的等待中，多少真情随着岁月的流逝而被淡忘，你仍在苦苦等待，你心心念念的人却在何方？他还记得你吗？他是否早已忘了你们的誓言？他是否早已为别的她穿上了嫁衣？

最终是你感动了天、感动了地、感动了自己，这让人潸然泪下的笛声啊，仿佛在喃喃地诉说：感情是两个人的事，你却只感动了自己……

月亮也垂下了眼帘，是啊，谁的青春没有义无反顾过？被辜负的忧伤也未曾缺席，也许青春感动自己就够了。

温婉绵延，曾经的失落在微笑的唇角一闪而过

一曲《痴情冢》，"今生君恩还不尽，愿有来生化春泥"，那一丝丝的遗憾也在笛声中慢慢渗出。

夜，似乎激起了每个人的独白。每个人讲述着自己的

故事，诉说着自己的心声，月亮也在天空中读着那些带有遗憾的感情，在无法掌握的未知中渐行渐远了。

此时的笛声，已变得更为悠扬，女子眼眸中映出清冷的月色。在清冷的月色中，是否已牵出了那段埋在内心深处，爱而不得却又不舍的情缘呢？

我们在热恋的时候，就像那成双成对的蝴蝶，总想与心爱的人双宿双飞，总想时时刻刻都待在对方身边，像树袋熊般挂在对方身上。

如果对方突然发来一句问候，哪怕只是一个表情，也足以让你开心好一阵子，这痴男怨女般的爱恋总是让人心潮澎湃。

月亮听到这里，会心地笑了。

曾经的执着总是让人患得患失，情深时的欢欣大笑，失恋后的失落和痛苦，世间总有太多的相遇与错过，我们也在这一聚一分中感受着无奈。

在爱情中的人，除了开心，更怕的是受伤。当感觉自己被伤害的时候，我们会不再自信，会怀疑自己是否爱错了人，自己是否一无是处，对方是否已不再爱自己……

人来人往，如时扬时抑的笛声，让人不自觉地忧伤，不自觉地自我否认。但我们却恨不起来，哪怕是伤得再深，我们能记住的始终都是在一起时的美好，每每想起对方的好，你的唇角就会不自觉地微微上扬。

然后，一切的恩怨也就在这一笑中消失殆尽，而留给我们的，仍然是那份心中的美好和淡淡的释怀。如曾国藩所说："物来顺应，未来不迎，当时不杂，既过不恋。"

你我皆过客，何必执着！感谢某一段人生路的陪伴，让一切的爱恨情仇都在温婉的笛声和清冷的月色中一闪而过。

笃定自如，在花香蝶自来时认识不一样的自己

笛声随即又转向低沉厚重，仿佛是为每个漂泊在夜间的灵魂带来了温暖的抚慰，亦如智慧的老者，轻声地向你诉说。

深夜，听着那深情的笛声，我的心情愈发放松。也许，那些过往的情怀，伤心的往事，都不过是生命中的浮云，而在那留恋笛声的瞬间，灵魂似乎已经远离了这里，踏上了生命的另一边。

走在熙攘的街道上，过往的人流涌动，但这个夜晚，你的心情比往常都要沉静。笛声在耳际悠扬，穿透时间和空间。仿佛是一个旷远的世界，在借助着这优美音乐

的力量，引领着我的灵魂飞翔。

这样的夜晚和街道是那样的熟悉，他和她也相遇在这样的一个回荡着笛声的夜里。在夜晚沉寂的城市，总会带给人一种疲惫的感受，但是，一个男孩却因为这悠扬的笛声感受到了心灵的放松。

吹笛的人是一名穿着白色连衣裙的女孩，她温柔恬静，沐浴在朦胧的月光里。而另一个充满着忧郁气质的男孩，每夜都会在这里聆听。

在听到这轻快的笛声后，他不再悲伤落寞。这优美的乐曲，像一只无形的手，轻轻地抚慰着男孩的灵魂，让他在这黑夜里放下所有的欢愉和哀愁，变得轻松而自由。

笛声依旧轻快，反复吹奏，他也就远远地站着，手拍着膝盖，迎合着她的节奏，仿佛交往已久的朋友，你懂我意，我明你情。

女孩有着腿疾，由于自卑，不愿在白天出现在人群里，但她的笛声却给别人带来了希望，也给自己带来了爱情。

我很欣赏这个在夜间游走的笛手，她有一种令人留恋的气质。夜晚，她就是一个舞台上的独奏者，每吹响一声，就像是用她的音符向天空敬礼，向那些无法在此时此刻与她同乐的人们传递着心灵的抚慰。

"天生我材必有用"，"你若盛开，蝴蝶自来"。

这也许就是花香蝶自来吧！做自信的自己，努力绽放！

此刻，笛声已经渐渐远去。我在心底深感，这首短暂的，但却美妙的曲子，必将在你我灵魂之上画上精彩的一笔，将那些被时间遮盖的感情，再次唤醒。就像那凝聚在心灵的美好和晚睡的月一样，轻轻地镌刻在了我的内心深处。

这婉转悠扬的笛声啊，仿佛演绎了某种人生……年轻的、纯粹的……放下执念、勇敢做自己，回归平静！

我的内心，在这时完全平静下来。而晚睡的月，是否已在这轻缓舒畅的笛声中，迷失了自己呢？

欢乐与泪水，晨光与星空

人生得意须尽欢，莫使金樽空对月。

欢乐是什么？欢乐是家人相聚，心怀温暖，享受至味的清欢；欢乐是拼搏之后，成功的喜悦和泪水。

是多年未见的好友，踏着绚丽的朝霞，出现在面前，手里拿着一束自己最喜爱的紫罗兰，那份从心底溢出的欢乐，是怎么也掩饰不了的。

是多年在训练场的星空下默默无闻、挥洒汗水、奋力拼搏的运动员，一鸣惊人、勇夺桂冠之后，难掩喜极而泣的泪水。

笑声中的欢乐，浸在泪水中的欢乐，都镌刻在人们的心里和脑海中，往后余生，晨光暮霭，都延续着欣喜和激动。

出走半生，归来仍是少年

最能够打动人心的是心怀家国，出走半生，仍初心不改。

唐代诗人李白身处盛唐时期，那时万国来朝，到处都是一片欣欣向荣的景象。正是"鲜衣怒马少年时"，他衣食无忧，每天就是"斗酒相娱乐，聊厚不为薄"，千般自在，万般惬意。

李白有旷世奇才，他一生创作的诗歌无数，至今流传下来的有近千首，耳熟能详的佳句颇多。他的诗歌展示了他面对生命和生活的姿态，"安能摧眉折腰事权贵，使我不得开心颜"，没有什么能够阻挡他内心满溢的活力和朝气。

他不走寻常路，潇洒自在，归来仍是少年。

李白虽有奇才，但因其洒脱和不拘小节的性格，也曾被囚禁过。他被释放后，仍潇洒、豁达，曾写下《早发白帝城》："朝辞白帝彩云间，千里江陵一日还。两岸猿声啼不住，轻舟已过万重山。"

充满浪漫主义情怀的李白，始终怀有赤子之心，他心怀美好的期待和理想，虽半生颠沛流离，归来仍是翩翩少年。这是因为他有一颗不屈不挠的心，正如《行路难》中所写："长风破浪会有时，直挂云帆济沧海。"前路漫漫雨纷纷，无惧乘风破浪，抵达理想的彼岸。这何尝不是我们现在生活该有的模样呢？

历史是一个轮回，时光的脚步来到宋朝，也有一位心怀家国、胸怀豁达的文学家——苏轼。

宋代大文豪苏轼对友人坦诚相待，他的风骨和魅力，吸引了众多朋友。因"乌台诗案"，他被贬出京城，所到之处，朋友们都对他赤诚以待。

苏轼一直有家国情怀。他最后一次被贬到海南的儋州，虽然身处逆境，但不失乐观，在居住地盖茅草屋，又开垦荒地种菜，引水修渠，带动村民务农，传播儒家传统文化，使海南拥有了第一位举人和进士。

苏轼被贬到黄州，吃到了"长江绕郭知鱼美，好竹连山觉笋香"的江鱼和竹笋；他在惠州终于吃到"一骑红尘妃子笑"的荔枝，高兴地写下"日啖荔枝三百颗，不辞长作岭南人"。他的美食菜谱还有河豚、东坡肉和东坡羹等，充满人间烟火气，妥妥一枚"吃货"。接地气的苏轼，更暖人心。

正是心胸豁达，才有"竹杖芒鞋轻胜马，谁怕？一蓑烟雨任平生"的洒脱。苏轼的人生起起伏伏，如潮起潮落，但他却始终能在逆境中保持乐观豁达的心态。

这是有着家国情怀的大爱，为天地立心，为生民立命，至真至诚。无论顺境还是逆境，他们始终怀有赤子之心，归来仍是少年郎。

无字碑，功过自有后人评

穿过漫漫长夜的那抹身影，灿烂若霞光，璀璨如星河。所有的功成名就，都离不开背后艰辛的付出。

历史的潮流中，名人册中不容忽视的一位女性就是武则天，她是女性中的佼佼者。她在帝位十五年，上承贞观之治，下启开元盛世，暮年又决定把朝政还给李氏，和唐高宗合葬乾陵，留下无字碑，功过留给后人评说。

武则天幼年失怙，饱受欺凌。她在命运中挣扎，不断攀登，直至登上巅峰，成为一代女皇。

在那个时代，她首先要生存，她的每一次选择都身不由己。因为十四岁前，她阅读了大量的书籍，颇有才情，且容貌娇媚，所以在豆蔻年华被选入宫。唐太宗李世民封她为才人，赐名武媚娘。

善于掌握自己命运的人，总会有机会降临。于是武媚娘就盼到了一个改变命运的机会。

贞观后期，唐太宗因病不能临朝，就安排太子李治侍疾。武媚娘因习得一手好字，曾一直在唐太宗身边服侍。青春年少的李治和武媚娘在后宫同理朝政，日久生情。

因唐太宗去世，武媚娘被送到感业寺。然而她的命运在次年又有了转机。唐高宗李治来到了感业寺，武媚娘跟随他回到后宫，成为昭仪，一步步母仪天下，与李治"二圣临朝"，最后终成一代女皇武则天。

前无古人，后无来者，武则天开创了前所未有的新时代。所有的汗水和泪水，都烟消云散；所有的辉煌和落幕，都消散在历史长河中，成为点缀夜空的星星。

心怀美好，未来可期

理查德·瓦格纳说过，快乐不在于事情，而在于我们自己。

人生苦短，世界上有很多美好的事物，都能让我们的生活充满快乐。

接受生活原本的模样，认真学习、专注工作、开心生活，活成自己喜欢的样子，快乐就会与我们不期而遇。

学会欣赏。我们在生活中要有发现美的眼睛，值得欣赏的事物太多了：春风拂面、鸟语花香的景色；蹒跚学步、牙牙学语的孩童；运动场上，青春洋溢的身姿；公园小径上，牵着手相视一笑的老两口。

学会享受。工作累了，走进大自然的怀抱，听听鸟鸣，看看流水潺潺的小溪；去听一场音乐会，看一场电影，给自己的心灵放个假；或者坐在草地上发发呆，看云卷云舒，享受当下。

学会去爱。生活中处处充满值得我们去爱的美好：有诗和远方，也有身边的家人和朋友，还有完成项目后，伙伴们的击掌；冬天的雪，春天的花，夏天的蝉鸣，秋天的瓜果飘香，都值得我们去爱。

学会和解。生活中，我们总会遇到无法左右的命运安排，与其怨天尤人，不如学会接纳，与万事和解，与自己和解。

史铁生在《我与地坛》中写道："它（地坛）等待我出生，然后又等待我活到最狂妄的年龄忽地残废了双腿。……十五年前的一个下午，我摇着轮椅进入院中，它为一个失魂落魄的人把一切都准备好了。"

地坛是史铁生的精神寄托之地。他摇着轮椅，在沉静的光芒中，感受古园的静谧。十五个春夏秋冬，迎来晨光，送走星空。如命运一般，沉静地走下去。

生命本无意义，是"我"让生命有了不一样的色彩。就让内心那颗永恒的星星，照亮黑夜，直至永远。

在迷失的暗夜中，仰望星空，夜空中最亮的那颗星，给予我们勇气，指引我们靠近光明，展示梦想的力量。

人生短短数十载，不可避免会遇到困惑和迷茫，如果能够从内而外散发光芒，那么就能在熙熙攘攘的红尘俗世中，展现对自由的向往和对生命真谛的追寻。

让我们在有限的时间里，不管是欢笑还是泪水，是朝阳还是晚霞，都满怀对未来的期待。

其实，幸福的眼泪最真实，快乐的眼泪最感人。内心拥有真正幸福的人，脸上会扬起笑容，虽然有时还会挂着泪水。

正如高尔基所说，快乐，是人生中最伟大的事。

当你内心足够坚定，谁都没有办法影响你

《诫子书》有言："非宁静无以致远。"

这句话表达了一个人内心的强大力量。这股力量能够抵御外界的诱惑和压力，同时也能让我们坚定自己的信念和原则。

在这个喧嚣的世界中，我们很容易迷失自我，被周围的声音、观点和信息所包围。只有当我们内心足够坚定，相信自己的价值和坚定自己的信念，才能保证自己能够独立思考和决策。

一个内心坚定的人，在面对人生的考验和挑战时，能够坚持自己的梦想，不忘初心，保持自己的独立性和自主性。这样的人不仅能够在生活中收获更多的成就和快乐，还能成为别人的榜样，成为更加优秀的自己。

在这个路遥马急的社会中，宁静的内心显得更加珍贵。

当我们内心足够坚定时，才能真正做到宁静致远，远离浮躁的世界，找到自己心灵的归宿。

内心坚定是实现梦想的重要武器

在历史长河中，有许多传奇人物闪耀着独特的光芒。他们抑或是因为坚定的信念，抑或是因为勇气和决心，成为时代的楷模和后人的榜样。在这些传奇人物中，司马迁堪称一个耀眼的存在。他依靠坚定的信念和勇气，为后人留下了无尽的精神财富。

司马迁立志写一部能够"藏之名山，传之其人"的史书，这个雄心壮志成就了他的一生。在他写到第七年的时候，李陵案发生了。尽管众人谴责李陵，司马迁却为他辩白，这使他惹恼了汉武帝，遭受了残酷的宫刑。

这时的司马迁产生过轻生的念头。然而，他始终保持着一颗不屈不挠的心。尽管身心受到严重的摧残，他仍然坚持写着《史记》。在这个艰难的过程中，司马迁历尽艰辛，但他始终没有放弃自己的目标。

在那些遭受屈辱的日子里，总有人不断劝说司马迁放弃。然而，他的内心十分坚定，哪怕失去一切，也要完成《史记》。他用了十三年时间，再加上父亲的五年，前后共计十八年完成了这部伟大的鸿篇巨制。《史记》为我国乃至世界各国留下了一笔珍贵的文化遗产。

司马迁的故事告诉我们，坚定的信念和勇气是实现梦想的重要武器。在人生的道路上，困难和挫折是无法避免的，我们只有内心足够坚定，相信自己的价值，才能在面对困难和挫折时保持积极的态度，最终实现自己的梦想。正如司马迁一样，只有不放弃，坚持不懈地努力，才能够创造属于自己的辉煌。

内心坚定是超越平凡、成就非凡的秘诀

中国古代有一位叫作韩信的将军，他的人生经历便是内心需要坚定的最好证明。韩信小时候家境贫寒，但他天资聪颖，善于思考，这些才能一直被他视作促成自己人生成功的"法宝"。

韩信的第一次机会来自刘邦。当时，刘邦正在招兵买马，便请他帮忙。于是韩信以自己独特的眼光和分析能力为刘邦出谋划策，逐渐在刘邦麾下崭露头角。他一次次对敌作战的成功，更是为他赢得了人们的敬佩和尊重。

面对挫折，他并没有沮丧，而是抱着坚定的信念。他相信，只要脚踏实地地前行，就能够追求更加光辉的未来。他选择了向前看，追寻自己的梦想。

韩信之所以能够成就非凡，得益于他内心足够坚定，一直坚持着自己的信念。他学以致用，突破困境；他不囿过去，心怀梦想；他坚定不移，超越自我。这些皆是他成功的关键所在。无论我们身处何地，内心的坚定皆是超越平凡、成就非凡的最大秘诀。

每个人在人生的旅途中，皆会遭遇困难和挑战。这些困难可能会摧毁我们的信念，让我们迷失自我，但是坚定的内心会成为我们实现梦想的重要武器。它赋予我们独立思考、勇往直前的品质，使我们能够在外界环境的干扰下坚定自我。

如何保持内心的坚定？

这就需要不断地反思和思考，建立自己的信念，参与有意义的社交活动，结交志同道合的朋友，共同探讨和分享自己的信仰和追求。更重要的是，需要时刻保持平和冷静的心态，以客观和理性的方式看待事物和问题。这样，我们才能成长为真正的内心坚定者，面对任何困难和挑战皆能够泰然自若。

内心的坚定并非易事。我们需要不断学习和探索，不断进步和成长，以保持内心的坚定。

在经历风雨、迷茫、成功和失败后，内心坚定使我们在不断变化中保持初心。无论前方有多少荆棘和艰辛，只要我们的内心足够坚定，就能够战胜一切困难，走向光明的未来。

让我们怀着坚定的内心，面对生活的起伏和挑战，勇往直前，追寻自己的梦想和目标。

究竟什么样的人生我们才满意

我想过一种生活，那就是只悦己，不悦人。

人生本来不过是一场戏，不如尽兴体验一场。

在每天的奔走里热爱生活，才是我们该有的人生姿态。

不如做个能为自己雪中送炭的人，前半生不怕，后半生不悔。

爱自己便是一生的浪漫

人生总会有进不得、退不得的两难境地，但人生也不必那么严肃，学会给生活松绑才是正解。

抬头看天，宇宙广阔无边；想想人生，短短几十年，实在没必要跟生活较真。

柏拉图说："人生最遗憾的，莫过于轻易地放弃不该放弃的，固执地坚持不该坚持的。"

其实人不必有多高的文凭，只是不可以不学知识；人不必有多少财富，只是不可以没有思想；人不必有雄心壮志，只是不可以没有方向。

很多时候，人生没有该不该，只有喜欢不喜欢。尊重自己的喜欢，热爱自己的热爱。

不被世俗眼光裹挟，不被流言蜚语击倒，不因甘于平凡后悔，不因生活不公抱怨。

要学会放过自己，毕竟日子总是自己的。

清晨喝一杯蜂蜜水，睡前泡一泡脚，下班吃一顿美食，周末看一场电影，生日送自己一束花，放假跟喜欢的人出游……

我们所有的努力都是为了自己好好活着，不妨用爱自己成就一生的浪漫。

人生值得好好过

不必焦虑未来，一切都是最好的安排。但人总要掌握点什么，才会有幸福感。

没有热爱是一件可怕的事，心中有方向，脚下才有道路。

机械地重复，只能磨灭热情，但似乎也可以从机械重复的过程中，找到存在的快乐和意义。

不为自己没有得到而叹气，不为自己的选择而后悔，不为自己的不甘心而摇头。

世间最美好的就是事事如愿，只不过现实往往不会事事如愿。

当代著名美学家朱光潜说："人们常常不满意自己的境遇，反而总是羡慕他人境遇。"

有些人用十年的奋斗才换来在都市里闲暇时捧在手里的一杯咖啡，用一百次受伤才达成自己的成就，用数十年争吵才换来后半生相濡以沫，用数不清的委屈才换来一起旅行的幸福……

星星也曾不满意自己，她总是羡慕月亮的光芒，可是她自己却不知，自己也是别人眼中一道耀眼的风景。

充满希望地面对每一个太阳升起的日子，人生值得好好过。

不对抗世界，不对抗别人，只用力地好好过自己的生活。

时光是最好的聆听者

曾经希望有人说自己聪明有才华，曾经希望有人说自己能力很强。

随着岁月流逝，如今只希望人们看到的是自己的温暖。

随着岁月流逝，才发现真正强大的不是对抗而是接受。

"孤独诗人"朴树，穿秋衣领金马奖，录节目到点便要回家睡觉……他如一股清流，在嘈杂的娱乐圈中过着真实的生活。

不对抗生活，接受真实的自己，接受自己的与众不同，也接受自己的平凡。

曾经渴望命运能历经山河，有起伏的波澜，但折腾一生才发现，人生最曼妙的风景竟是内心的平静和从容，人生最满意的状态竟是平凡。

有一份稳定的工作，不会担心吃不上饭、穿不够暖；有一片小天地，风雨天有一片屋檐给自己遮风挡雨；有茁壮成长的孩子，陪着他们健康长大，他们的一个笑容便能治愈一天的疲劳；有父母安康健在，不受疾病折磨，能回家吃到团圆饭。

我们曾经如此期盼得到外界的认可，到最后才明白，世界是自己的，与他人无关，家庭完整和睦，足矣。

把生活做成长线投资，不只有眼前的苟且。不张牙舞爪，不焦头烂额，不急功近利，世界自然会对你微笑。

在时代的激荡中守住内心的安宁，凡事不庸人自扰。人生很多时候需要等待，很多时候需要自愈。

处世不惊，是对时间的敬畏，停下来是为了更好地出发。人生路上的每一个困局，解决的方法，都是时间。一切皆如此。

给自己一点时间，允许一切发生。也给时间一点时间，让它做一个最好的聆听者。

一生充实，便可无憾

许多事情正如船后的波浪，总要过去以后，才能感受到它的美丽。

与其把时间花在后悔、纠结、自责、抱怨等一系列负面情绪中，不如关注当下、关注自己的生活。

珍惜不期而遇，也接受突如其来的离别。来来往往的人，正如天上的白云，聚了又散，散了又聚，人生离合，亦复如此。

珍惜平凡人生，也心怀浩瀚宇宙。认真过好每一天，煲一锅汤，做一顿饭，约一位老友，看一场电影，观一次流星。

珍惜今日的充实，也向往美好的未来。一日充实，可以安心睡去；一生充实，便可以终身无憾。对未来的真正慷慨，正是把一切都献给现在。

人生没有白走的路，每走一步都算数。

如果你年轻，想探索更大的世界，那就走出去，去闯荡，不被挫折和泪水所牵绊。

如果你已步入中年，有了明确的人生方向，那就不攀比，脚踏实地，一步步朝目标迈进。

生活总会有阳光与阴霾，需要保持活力、保持充实的状态，不被胜利冲昏头脑，也不被困难打倒在地。

不虚度光阴，不辜负年华，不浪费生命。

用读书，增加生命的宽度；用学习，增加生命的重量。

正如保尔·柯察金所说："当他回首往事的时候，不因虚度年华而悔恨，也不因碌碌无为而羞愧。"

不因错过而后悔，不等失去才知珍惜，不为虚度光阴而遗憾。

人生不长，但足以让我们过得满足；人生很长，也足以让我们无憾。

最好的状态就是人生小满

赛跑时，跑得慢的不一定会输；打架时，看着壮的不一定会赢。

有时候太想得到的东西，太用力反而更容易失去。

人生不是百米冲刺，最好的状态一定不是极限加速。

将满未满，就是小满，有向上的空间，也不会盈满则亏。

《尚书》说"满招损"，《吕氏春秋》说"物极必反"，凡事太满都不算好，人生小满，就是最好的状态。

人生是场修行，修出平常心，笑看世间各种风云。曾经的心事，都可成为今日笑谈。

修出满足心，不被世俗遮挡双眼，放下了，心也就宽了；修出无悔心，凡事想在前，敢做敢承担，不留遗憾。

对大部分人而言，生活之满足便是丰衣足食，如若能有三两好友，把酒言欢、围炉夜话，便是生活的美好。如若再能多一点点满足，便是人生最好的状态。

都说这世俗的烟火最能抚慰人心。再疲惫，楼上总有一盏灯是为自己亮着的；再委屈，总有一杯茶是为自己沏的；再辛苦，总有个小手会替你捶一捶。只要有家，就有热气腾腾的满足。

人生小满，是一种高级的状态，也是一种高级的能力，我们都值得拥有。

不攀比、不虚荣、不透支、不借用，只做自己力所能及的事，过好自己的小日子。

三毛说："如果有来生，要做一棵树。"

我们不妨也将日子过成一幅画，过成一朵花，这样的日子应该就是最好的日子。而且一起走过的人，一起经历的事，一起发生的故事，所有痕迹都将印在生命里。

世界很喧嚣，过好自己的日子就好。

青春是一本书

青春是一本书，墨香四溢，流淌着阳光与精彩。青春有任意挥霍的时间，可以大声说笑，展现自己的特色；可以尽情疯玩，挥洒充沛的精力。

青春的书里记录着人生最美好的事物，也承载着最难忘的记忆。如同那些经典的古诗词一样，深深埋在人们的心里，让人感到沉甸甸的。

青春的书页上，长长的文字串联着那些美好的故事，抑或是忙碌的校园生活、抑或是充满激情的青涩爱恋，这些都是青春的记忆，是人生难以忘怀的部分。

学生时代的我们，总是为了好成绩而努力奋斗，为了梦想而努力拼搏，对未来充满期待。

每个人的青春都是独一无二的，抑或是坚定地追逐自己的理想，抑或是默默地书写着自己的人生篇章，抑或是在最年轻的时光以最美好的姿态向前奔跑……

青春是纯真的友情，是一本仓促的书

初中时的记忆，总是带着最单纯的快乐，默默地融进时光中，模糊又清晰，如同一朵盛开的花，在时光中变得更加绚烂。

记得，那是一个阳光明媚的下午，我正在学校的树荫下看一本书。突然听到一声"哎哟"，我回头看去，原来是一个崴了脚、很阳光的女孩。她单脚跳着转圈的样子很是可爱，与我四目相对的刹那，她不好意思地笑了，内向的我也被她的笑容感染，跟着开心地笑了起来。

青春的友谊就是这么简单，她比我高一级，很快，平时话不多的我跟她成了无话不说的好朋友。

每当下课后，她都会来教室门口等我，然后我们一起一边走在校园的操场上，一边讲着各自班上发生的趣事，讲着老师和同学的外号。

放学后，我们会在校门口等着对方，然后一起去公园里的石桌上写作业。她的成绩很好，我不会的她都会耐心指导我，慢慢地，我的成绩也从中等提升到了中上。

我们就这样一起打闹、唱歌、读书，想让那肆意奔跑的时光慢慢地流走。

但是，青春里除了美好，还有些许无奈。初二的暑假，由于父亲被临时派往外地，我也只得随他一起前往外地上学。当时我们没有手机，也没有网络，而我也不知她家的住址。由于走得匆忙，我甚至来不及跟她告别。

正如席慕蓉所说："青春是一本仓促的书。"就这样，我们的友情画上了句号。

虽然过去了那么久，但我一直都记得那个笑容阳光的朋友，在我仓促的青春，与我一同欢笑、一同吐槽。我们的友情就像是一杯清茶，在心灵最清澈的时刻，给予我温暖的力量。

友情是生命中最纯最真的花，它在喜怒哀乐的共鸣中发芽，在嬉笑打闹中绽放。

青春是飞扬的梦想，是一段执着的年华

雨果说："谁虚度了年华，青春就将褪色。"

青春是一场无法倒带的电影，也是一段无法复制的旅途。青春可以是用来奋斗的，也可以是用来肆意挥霍的。

当我步入大学时，面对陌生的环境，既兴奋又有一丝莫名的担忧。来自十八线小城市的我，来到这座一线城市的高等学府，多少有一些自卑和手足无措。

看到校园里的学生都衣着时尚、充满自信，灰头土脸的我在他们当中，显得那么弱小无助。为了尽快地融入大学的生活，融入同学们的圈子，我也一头扎进了追星的队伍。

他是我追的第一个"明星"，不过他不是影视明星，而是一位大三的学长。第一次见他是在我们学校的辩论大赛上。他身高一米八，穿着白衬衫，搭配深色的西装，留着简单清爽的学生头，他那自信的笑容让我一下子就沦陷了。当听完他那思维敏捷、妙语连珠的一番辩论后，我已妥妥地成为他的一名铁粉了。

当我告诉同学，我想去找他签名时，同学们都笑我异想天开，癞蛤蟆想吃天鹅肉。可我没有气馁，我打听到了他上课的时间，跑到他的必经之路上，拿着学习演讲的书，鼓起勇气告诉他，我以后想成为一名记者，我要在毕业后去采访他，请他为我签个名，写一句鼓励的话。

他很友好地笑了笑，用动人的声音说道："志向不错！"然后写道："为梦想而奋斗吧，让青春飞扬，我在未来等你！"

每天，我都拿出他写的话，读上十遍。我每天都专注在让自己越变越好的事情上，我不再自卑，不再社恐，因为他说，他在未来等我。在他的鼓励下，我以优异的成绩毕业，成为一名真正的记者。

有人说，青春是来不及的相识，但我觉得曾经相遇就是美好。对他，也许是懵懂的爱，也许只是单纯的欣赏。

我们只有曾为梦想而努力过，为未来而奋斗过，才能写下无悔的青春，在重翻青春这本书时，才能对自己说：谢谢你！

青春是一份无悔的付出，是爱与尊重相拥而行

每个人的青春都有属于自己的故事，每个人都用自己的方式书写着自己的青春之书，它蕴含着自己对青春的理解和付出。

我有一个同学叫王博，他的青春不像大多数人那样绚烂璀璨，但却质朴踏实。他毕业于某师范学院，毕业后他选择了去乡村支教，他不顾亲朋的劝阻，义无反顾地前往一所乡村小学教书。

王博的班里有一个非常调皮的小男孩，经常在课堂上打瞌睡、讲话、捉弄同学，还不按时完成作业，成绩很差。

王博多次提醒和教育，孩子却总是屡教不改，可王博

始终没有放弃。他耐心地蹲下身子，拉着孩子的手，当孩子感受到爱与尊重后，向王博诉说了他的家庭情况。

孩子的父母是老老实实的庄稼人，本就不善言辞，加上地里的事情多，日出而作日落而息，回家后也没有时间跟孩子说话。

而孩子却很想让他们跟自己说说话，他太孤独了，在家里没人理他，在学校由于表现不好、成绩差，也没有同学愿意和他交朋友，所以他就故意调皮捣蛋来引起大家的关注。

王博很理解一个小孩的孤独，它会使孩子缺乏安全感，甚至会造成更多不良的心理问题。

于是，每天放学后，王博都会陪着孩子聊天。他用文艺的方式，通过古诗词等文学作品，启迪、感染孩子，让他学会用心去观察生活，用心去倾听世界的声音。

天渐渐变暗，夕阳西下，王博老师朗读着："莫等闲，白了少年头，空悲切。""长风破浪会有时，直挂云帆济沧海。"孩子双手托腮，两眼放着光，沉浸在文学的世界里。他开始喜欢上读书，慢慢地，他的学习成绩也得到了提升。

生命的旅途是如此漫长而迷茫，需要有人给我们指引方向。王博就是这样一位充满温暖的引路人。也许，他的故事并不浪漫感人，但他把青春献给了乡村、教育和孩子们。

无论是快乐还是痛苦，他都将被写进青春的书页中，蕴含着成长、努力与坚持，谱写出了青春的意义。

师生之情也是人世间一道亮丽的风景线。让我们铭记青春、铭记师生情，让那份温情和良知，永远跟随着我们，陪伴我们走过这漫长而又多彩的旅途。

时光荏苒，转眼间青春已逝，这本厚重的书伴随我们度过了无数个春夏秋冬。它的文字已经深深地烙印在我们的心里，每一页都记录着我们的曾经。有快乐和渴望，也有挫败和失落，每一页都留下了我们用生命书写的痕迹。

当去回忆、去品味青春时，我们也渐渐意识到，这个小小的、精美的、饱含真情的青春世界，已经沉淀为内心最柔软的怀念，而不经意地翻阅，让它们在心灵的深处悄悄地荡起涟漪。

是啊，青春是一本书，是一本如此美好的书。在这独一无二的书中，我们拥有属于自己的记忆，不管它是迷茫的、孤独的、不安的，还是欢腾的、炽热的、理想的，它都是人生中最闪亮的日子。

扛得住涅槃之痛，才配得上重生之美

　　人生这条路，漫长而崎岖。在下一个路口会遇见什么，谁都无法预料。但是，幸不幸福却可以自己说了算。我们无法左右别人对自己的看法，但是可以改变自己。当我们对世界的看法变了，眼前的一切就会跟着改变。

　　目前，我们讨论最多的话题就是：躺平还是内卷？追求理想还是做一天和尚撞一天钟？是该满怀热情去追求理想还是保住眼前的饭碗？

　　我们总是处在患得患失间，不知道如何抉择。

　　当我们看到，有些人在职场中混得风生水起，做出了傲人的成绩，甚至有的人出了名，又拿了奖，成为人生的赢家，他们在聚光灯下是那样光鲜亮丽。

　　我们也许会想：是他们的出身好、学历高、运气好、命运格外眷顾他们。

其实不然，每个人都会经历挫折、困顿。如果我们正行走在黑暗里，如何才能活成自己的长明灯，去激发人生深处的智慧，让自己的世界更精彩呢？

那就是把命运给予我们的苦，当作一种成全、一种向上的阶梯，当你把它踩在脚下时，那将是你涅槃重生、展现重生至美之时。

岁月带给他磨砺，亦随赠了重生的希望

生命就是一个不断超越自我的过程，只有经历过痛苦，并战胜它，才能感受幸福。正如史铁生所说："生命的意义就在于你能创造这过程的美好与精彩，生命的价值就在于你能够镇静而又激动地欣赏这过程的美丽与悲壮。"

史铁生的一生可谓充满磨难。他出生在一个知识分子家庭，从小就是学霸，爱好广泛，而且还是体育健将，他一直憧憬着要考上清华。

在他十八岁那年，国家号召有志青年下乡，他毅然地去了陕北插队。当时在陕北生活得艰苦不说，每天还要干很重的农活。

渐渐地，他常常感觉腰酸腿痛。有一天，他还在地里

干活，突然就下起了大雨，等他跑回四面漏风的窑洞时，早已浑身湿透。

从那天起，他就高烧不退，后来腰就不听使唤，腿也抬不起来了。

正值青春年华，遭逢突变，这让他无法接受。他恨命运不公，也曾多次想放弃生命。但命运并没有就此放过他，他的母亲也因为操劳过度离开了，走的时候才四十九岁。

一次次的打击让他幡然醒悟，他不再沉溺于痛苦中。他说："死亡是一件不必急于求成的事，是一个必然会降临的节日。"他开始在工厂做工，利用闲暇时间写作。

很快他的第一篇小说《爱情的命运》问世，接着《我的遥远的清平湾》也发表了。

在遭受病痛折磨的时候，写作成了慰藉他灵魂的良药。也正因为有了这么多的磨难，才有了《我与地坛》《合欢树》《秋天的怀念》《记忆与印象》等经典作品的问世。

他在与病魔抗争的过程中，思考人生，思考万物，思考生与死。他在看似山穷水尽的境遇下，依然热爱着世间万物。

他体验到的是生命的苦难，表达出的却是明朗和欢乐以及他对世界的感恩之情。当我们遇到难题、病痛、挫折，看不见希望的时候，不妨看看他留下的文字，这些文字就像一座座灯塔，给处于迷茫中的我们指明方向。

正如托尔斯泰所说，无论生活是什么样的，都是我们所能获得的至高之福。

岁月带给他磨砺，亦随赠了重生的希望。

让自己配得上想要的东西

很多时候我们会问自己，努力的意义是什么？我们晚睡早起，忙忙碌碌甚至四处奔波，是为了什么？

在《马丁·路德·金自传》中有这样一段话："人生最痛苦的事，莫过于不断努力而梦想永远无法实现，而我们的人生正是如此。令人欣慰的是，我听见时间长廊另一端有个声音在说：'也许今天无法实现，明天也不能。重要的是，它在你的心里；重要的是，你一直在努力。'"人生路上，那些层出不穷的考验，那些看似漫长的苦和痛，其实就是一颗颗闪亮的星辰，照亮了我们前行的路。

生活就是这样，有风和日丽，也有风霜雨雪，所有的遭遇都是常态。只要相信冬天来了，春天也就不远了，熬过去，所有的经历就会变成滋养你的养料。

路遥在《平凡的世界》中写道："自己历经千辛万苦而

酿造出的生活之蜜，肯定比轻而易举拿来的更有滋味。"

路遥在他的小说里刻画的人物几乎都经历了诸多苦难。作品源于生活，这和他的经历有很大关系。路遥出生于陕北山区的农民家庭，他是家里的老大，因为家里的孩子多，饭都吃不饱，在他七岁那年，就被父亲送到了伯父家。

他小时候常常饿着肚子去上学，因为尝过生活的苦，所以他更努力上进。

那个时候，考上好学校，毕业听从分配，就算有了稳定的收入。可是就在他考上西安石化学校，等着被分配时，学校却全面停课了。

他只好又回到农村，一边干农活一边开始写作。他开始在《延川文化》上发表作品，后来又成为文学刊物《山花》的编辑。一部《人生》让路遥一举成名，最后他拼尽全力写出《平凡的世界》。当这部作品获得"茅盾文学奖"时，他的生命也走到了尽头。

他用尽一生的感悟，写出了《平凡的世界》。

他说："人活着，就得随时准备经受磨难。不论是普通人还是了不起的人，都要在自己的一生中经受许多的磨难。"

他虽然离开了，但他的精神以另一种方式展现在世人面前，这何尝不是一种新生？美好是从苦难生活中升华出来的。苦难成就人生，心态改变命运。

人生在世就一定会遇到狂风暴雨的天气，但你要相信，只要熬过去，就一定能看到风和日丽的明天。

磨难给予我们的智慧

无论遇到什么，我们的精神世界永远只属于自己，只要自己的信念不倒，任何事物都不可能打倒我们！

杨绛先生说："一个人经过不同程度的锻炼，就获得不同程度的修养、不同程度的效益。好比香料，捣得愈碎，磨得愈细，香得愈浓烈。"

很多女人羡慕杨绛，因为，她的一生看起来似乎很顺遂。父母疼爱，家庭和睦，亲人们给了她温暖。她是丈夫眼中最贤的妻，又是优秀的翻译家、文学家、戏剧家。仿佛命运把好运都赐给了这个娴静的女人。

其实，杨绛也经历过诸多不如意，她的人生也曾坠入过深渊。她被怀疑、被诬陷、被莫名其妙地拉去批斗，被安排去扫厕所，甚至被剃了头。

她在那一刻想到的是做一个假发套戴上，把自己收拾好。她又准备了小铲子、小刀和很多去污、洁厕的东西，静下心来仔仔细细地把厕所收拾得干干净净。

杨绛是豁达的，她懂得与命运和解。她把书带到厕所去，闲暇的时候就躲在那里看书，每天过得很充实，不去与苦难硬碰硬，懂得和命运和解。

如今的我们常在遭遇困苦时抱怨命运的不公，其实，命运从未厚此薄彼，没有谁的人生会一帆风顺。

真正的智者，不是逃避痛苦，而是在生命的历练中活出淡定与从容。那些你所经历的痛苦，不该成为生活的绊脚石，而应该成为通往幸福的阶梯。

岁月，一半是温暖，一半是凉薄。如果想看见世界的美好，就对这个世界微笑吧，用微笑去触动温暖的弦，淡去尘世的凉薄。

用更宽广的胸怀，去接纳人生的各种不如意，静守自己生命的意义。

人的一生，不如意之事十之八九，经历挫折、痛苦是常态。

古往今来，有成就者无不历经重重磨难。比如，徐霞客一介布衣，拿着竹杖，穿着草鞋，凭一己之力游历天下。在徐霞客的生命里，前路虽坎坷、艰辛，甚至随时伴随着未知的危险，但他有一颗敢于去闯荡、去冒险的心，也因此打开了新的视野，途中遇见的那些人、那些事，成就了他波澜壮阔的一生。

前人用其一生的经历告诉我们，"苦难"是一个人能"成事"的磨刀石，磨其性情，磨其心智，磨平棱角，磨炼于世。

每个人心里都有别人无法感同身受的酸涩，当你感觉坚持不下去的时候，要懂得负重前行，迎难而上是常态。婚姻里的不如意，工作上的烦心事，都是生活中最真实的写照。我们终其一生，要学会的就是咬紧牙关，熬下去，挺过去，默默自愈，在困顿中成长。

三毛在《送你一匹马》中写道："心之何如，有似万丈迷津，遥亘千里，其中并无舟子可渡人，除了自渡，他人爱莫能助。"

在谷底，要逆风翻盘，能依靠的只有自己。

在艰难困苦中，只有扛得住涅槃之痛，才配得上重生之美。

你努力的样子藏着父母晚年的幸福

"人到中年，真觉得自己很孤独，每天睁开眼，周围都是依靠你的人，而你，却没人可以依靠。"这句话，道出了无数中年人的心声。

正处在中年的我们，对此感同身受。有点无奈，有点无助，好像茫茫大海中，我们是别人可以抓住的一叶扁舟，但自己却没有可以抓住的木板。

但是，当看到满脸皱纹的双亲，还在家中等待着我们，我们应该欣慰，感恩父母，他们还需要我。你陪我长大，我陪你变老。正是有了他们，我们才有更多的动力去奋斗。

他们双鬓的白发，让我们体会到，我们只有努力奋斗，才能赶得上他们老去的步伐。

你只有努力奋斗，才是对父母最好的回报

小时候，我们总觉得父母抠门，买菜要货比三家，想要个贵点的玩具，还得和妈妈斗智斗勇，软磨硬泡才能得逞。

那时候的我们根本不知道，妈妈年轻时也喜欢逛街，喜欢旅游；爸爸也喜欢摄影，喜欢和朋友们一起踢球。

只是，我们的到来，让妈妈逛街的地点从大商场变成菜市场，爸爸的相机也换成了我们的学费。

直到我们为人父母，为了实现孩子的愿望，自己宁愿一件衣服穿三年，也会带孩子去一趟迪士尼。

那时，我们才明白，为什么当年妈妈会为了十块钱，加班到深夜……

养儿方知父母恩，当我们为孩子的口中食、身上衣操心受累时，才能对父母的付出感同身受，也会时刻告诉自己，我们只有努力奋斗，才能回报父母。

孔子很小的时候，父亲就去世了。此后，身为妾室的母亲颜徵在和孔子不被家族所接纳。

为了把孔子抚养成人，颜徵在变卖家财首饰，带着孔子迁到了曲阜。为支付孔子上学的费用，颜徵在起早贪黑地养蚕、织布、种菜，再拿到集市上去卖。

就是在这样艰苦的条件下，坚强勇敢的颜徵在将孔子

培养成了远近闻名的才子。

正是体会到母亲的辛劳，长大后的孔子才会报答母亲的养育之恩。

东野圭吾在《时生》中说："谁都想生在好人家，可无法选择父母。"

虽然大部分父母都没有为孩子攒下万贯家财的能力，但他们却依然拼尽全力抚养孩子长大，不求回报。

如今，曾经负重前行的父母已经逐渐老去，我们唯有努力，才能配得上父母曾经的付出。

当我们用双手去打拼未来，去创造属于自己的人生时，我们会发现：这份努力，不只属于自己，它更属于父母，这是生活给予我们无形的奖励，也是我们对父母最好的回报。

你只有努力奋斗，父母才能少一分担忧

作家史铁生在风华正茂的时候，便被医生宣布：从此再也站不起来了。那时，他每天都会坐着轮椅去地坛，一待就是一下午。

母亲虽然担心，却也不敢去打断在地坛里思考人生的儿子。

直到有一天，母亲发现史铁生在写小说，这个饱经风霜的女人才一脸欣慰地对儿子说："喜欢就去写，我年轻时也喜欢写，作文经常得第一。"

从此，史铁生笔耕不辍，母亲也风里来雨里去，为他去借书，推着他去看电影。总之，一切和写作有关的事，母亲都陪着史铁生一起去完成。

在母亲看来，史铁生有了目标，就有了方向，他的精神世界从此不再荒芜，今后的生活也有了希望。

多年后，史铁生已成知名作家，他问同在写作圈的朋友："你为什么写作？"

朋友回答："为了母亲！"

那一瞬间，史铁生动容了。因为他写作的初衷，是为了母亲，他不想让母亲为他的未来担忧。

虽然史铁生成名时，母亲已经不在了，但他的成就，足以告慰母亲的在天之灵。

为人父母，最朴素的理想，也不过是儿女能够自食其力，衣食无忧。

热播剧《流金岁月》中蒋南孙的爸爸蒋鹏飞，一生碌碌无为，从来没有上过一天班，只靠老母亲攒下的家产，天天炒股投资，妄想一夜暴富。

结果，没有暴富命的蒋鹏飞，在输光了母亲留下的最后一处房产之后，选择自我了断，给年迈的母亲和刚刚步入社会的女儿，留下了一笔巨额债务。

如果不是蒋南孙的自强自立，她那年迈的奶奶恐怕只能凄凉地在养老院里孤独终老了。

我们为什么要努力？

一位情感作家写道："你努力的程度，决定了父母晚年是在跳广场舞，还是在社区里当保洁。"

人生最怕的，就是我们在该努力的年纪选择躺平，而父母却在为了我们吃苦受罪，这岂不是为人子女的罪过？

你只有努力奋斗，父母才能不为晚年发愁

《孝经》中说："夫孝，天之经，地之义也，民之行也。"

药王孙思邈出身贫苦，父亲得了夜盲症，母亲患了粗脖子病。看着父母因为没钱请不到名医而痛苦的样子，孙思邈决心学好医术，为父母治病。

经过多年的苦心钻研，他终于研究出治疗夜盲症和粗脖子病的药方，也成了一代名医，不但治好了父母的病，还使更多的老百姓因他而受益。

我们的父母，都有面对疾病的那一天。虽然我们不可

能都像孙思邈一样，成为医科圣手，亲手医治父母。但若我们通过自己的努力，有能力让父母享受到最好的医疗资源，相信父母脸上的皱纹，一定会舒展开来。

父母晚年的幸福指数有多高，很大程度上取决于子女事业上的成败。虽说钱不是万能的，但钱却能解决生活中大部分问题。

《孟子》说："人人亲其亲，长其长，而天下平。"意思是只要每个人爱自己的双亲，尊重自己的长辈，天下就太平了。

作为子女，照顾好父母是我们的责任。通过我们的努力，能让父母在一个安心、舒适的环境中度过晚年，不仅是我们对父母的责任，更是我们对社会的责任。

一个家族的兴旺发达，可能需要几代人的努力，但给父母一个安稳幸福的晚年，却只需要我们的努力就可以实现。

既然如此，我们还是多一些努力，少一些后悔吧！

《史记》中说："父母者，人之本也。"

现在，很多公司在评选优秀员工的时候，都会把孝顺父母作为首要标准。

这看起来与KPI没有什么关系，但一个孝顺的人，人品起码是可以相信的。在他的内心深处总有一根弦在绷着：

我现在努力奋斗，既能让自己的生活从容自信，又能让父母的晚年安闲舒适。

这样的人，当然会得到老板的器重。

也许，生活真的很累，累到你想躺平。可回头看看我们的父母，他们当年为了我们，吃的苦是我们现在的几倍。

小时候，我们总觉得父母是我们的保护伞，可以为我们遮风挡雨；长大了，我们才发现，曾经高大强壮的父亲，背已经微微驼了，妈妈的耳朵也没那么灵敏了。

原来，父母正在以我们想象不到的速度老去。

如果此刻，我们还被生活所为难，那么，请不要放弃。我们只有努力奋斗，才能赶得上父母衰老的速度，才能避免"树欲静而风不止，子欲养而亲不待"的遗憾。

正如北野武所说："虽然辛苦，我还是会选择那种滚烫的人生。"

星光不问赶路人，人生就是这样，越努力，越幸运。因为，命运之神一定会眷顾既努力又孝顺的人。

诗与远方，我更爱你

　　从前的日色变得慢，车，马，邮件都慢，一生只够爱一个人。从前，我们的亲情与爱情显得格外纯粹。陌上花开，可缓缓归矣，夜中留灯只为你心安归家，家永远是我们心底最柔软的一块土壤，滋养我们生长、开花。

　　在如今的互联网时代，人们之间的联系，已经可以跨越时空、越过国界，联结每个人的心，一同遨游在诗与远方里。

　　人们习惯在大城市里拼搏忙碌，追寻自己心中的诗与远方，却往往忽略了自己心底最柔软的那块地方。

家就是一座岛屿，守护着我的内心

暮春四月，阴雨绵绵，淅淅沥沥的雨声能短暂地让浮躁的心灵沉静下来，陷入温柔的静谧之中。

窗外的树枝不停地敲打着玻璃，骤然间狂风大作，淅淅沥沥的雨滴变成了倾盆大雨，路上的行人匆忙地向着家的方向奔去。

回到家里，接过家人递来的毛巾，换下被淋湿的衣服，总能感受到那些不曾改变的爱和温暖，在这繁忙的生活中，已经变得如此难能可贵。

闷热的夏日，雨后余晖照进我家，温柔地抚慰着我疲惫的心。熟悉的墙角、窗帘，还有家人们的笑语，都是我最初的依靠。

我放下外面的身份和那份企图心，变回那个无忧无虑的孩子。我的家就像是一座岛屿，抵御着外部的刁难，守护着我的内心。

曾经，当我还在家中时，窗外是无边苍穹，我仿佛感受到远方的呼唤。这呼唤唤醒了我心底的不安分，究竟是什么呢？也许是未知的冒险，也许是新奇的体验，抑或是对远方的向往。

曾经，孤独无助的我也喜欢站在夕阳下的河边，静静地捧着手中的诗，诗给了我柔情，让我感到俗世中还有一丝温暖。这些诗伴我走过春夏秋冬，陪我看过悲欢离合，当大自然的一切融为诗中的文字时，我也能感受到自己变得纯粹而真实。

在诗的世界里，我们可以找到心中的自由，可以流浪于广袤的山川大地，也可以停驻于宁静的湖畔河滩。这些美妙的感受如同风一样无处不在，轻轻地拂过每个人的内心。

我也曾偏爱历史里的风流人物和文献里的故事。那些磨灭不掉、历久弥新的爱情故事，让我看到了真正的美好。比如"两情若是久长时，又岂在朝朝暮暮"，又比如《红楼梦》里的贾宝玉与林黛玉。他们或坚定不移，或心心相印，总有可以触及心灵的瞬间。

那些令人心动，让我们焕发出爱和真诚的东西，就是诗和远方。远方让我们前行，诗则让我们放慢脚步，寻找心中的回音。

但若身处远方，沉浸在诗文中的你，是否还记得，早上六点钟，阳光还未照到窗前，熟悉的香味就已扑鼻而来，妈妈已早早起床，忙碌地准备着早餐……那些常年在身边，从未大声表白过的情感，似乎就要倾泻而出。

在这闷热的夏夜，我静静地坐在窗前，我想，我更需要的是无条件的爱，那些不需要过多的言语和要求、不计较得失的爱，那些来自人的一生中最孤独和最快乐的时刻的爱。

诗与远方，是一种追求，但更重要的是，爱与家，才是真正的前方。

爱，最初的样子，就是那些无声无息的照顾与关怀。那些连成一串的呼吸声，那些不动声色的小动作，那些微笑、语言和眼神，才是真正可以在我们内心深处生根发芽的爱。

从前我们有陌上花开、夜里留灯，现在我们有文字、照片和视频。但有一样东西却永远不会改变，那就是我们对家人的爱。

唯有你，能让我在疲惫不堪的世界里前进

此时，时间静止了，悠扬的琴声将我带入了沉思之中。我沉醉于那些诗篇之中，那些美丽的文字仿佛在我心中飘荡，让我感受到了无尽的美好，也感受到了无尽的伤痛。

我想起了那个人，那个曾经让我无比心醉却又失之交臂的人。词中有说，"两情若是久长时，又岂在朝朝暮暮"，是啊，远方的他，仿佛就在我的眼前，却又如星辰般遥远。

我不知道此刻的他是否还记得我，是否还在回忆着我们曾经的爱与恨。也许他早已将那些事情抛之脑后，我却始终难以忘怀。"此情可待成追忆，只是当时已惘然。"

如果当年，我没有执意去往远方，就不会因为远方无限的魅力而忽略了身边的你。远方虽然充满着未知和挑战，却也让我在磨砺中成长，在成长中磨砺心性。

如果当年我没有离开，我们还是一起吟诗赏月，一起洗手做羹汤，那么，我现在就不会感受到无尽的后悔与痛苦。错失所爱，使我久久不能释怀。

如果当年，我坚持牵你的手，一起去吹远方的风，一起去淋远方的雨，那远方将让我们感受到世间最美好的一切，我们也一定能共同感受那些快乐与幸福的时刻。有你就仿佛有一股温暖的力量，能让我在痛苦与忧伤之中看到希望。

但现在，一切都已成过去，我在这一夜沉醉于自己的思绪之中，仿佛回到了那个曾经充满希望的时刻。我想起了那首《诗和远方》，那首让我感受最深的诗。我想起了那句"诗和远方，我更爱你"。

这句诗仿佛是上帝为了安慰人类在漫长岁月中的孤独与寂寞而创造的。它让我明白了生命中最重要的是什么，并让我在思考人生的道路上有了更加深刻的感悟。

诗歌蕴含着丰富的情感、文化和哲学内涵。当我们阅读诗歌时，会进入一种超越时间与空间的境界，感受着诗歌中所描绘的那些情感与美好。而我对你的思念，也能在这一刻得到满足。

诗歌与远方都能为我们带来内心的满足和自由。读诗，行万里路；走向远方，读更多的诗。这是一条不断寻求美好和自由的道路。

但没有你的远方，一切都没了意义。没有你的远方，反而成了我的思绪的束缚，更感受不到内心的自由。

人不断追求着内心的满足和自由，但却在追求的过程中，忘了只有爱，才真正能让我们自由。

诗和远方，我更爱的是，与你在一起时那些细枝末节的感受。或许它们都是幻想，但无论如何，唯有你，能让我在疲惫不堪的世界里，获得前行的动力。

比起诗与远方，我更爱你

诗与远方，可能代表你拥有无尽的财富与诱人的繁华，然后放下一切去追梦。但对于大多数人而言，可能更多代表的是迷茫与漂泊。有人说，在这个高速运转的世界，停下来是一门艺术。停下来，听听雨声，读书沉思，不失为一个幸福的选择。

"此心安处是吾乡。"其实，生活中没有那么多十全十美，把目光聚焦在自己所爱的人与事物上，不去追求那么多未知的"诗与远方"，往往会简单与纯粹许多……

我们没有因为追求诗与远方而四处奔波，反而多了许多陪伴家人、读书、思考、关注时事的时间，让生活充满了稳稳的幸福，更多地去关心身边的人。

"欲买桂花同载酒，终不似，少年游。"我们心之所向的看似是如梦繁华，实则可能是粗茶淡饭、温馨陪伴。落笔之时，抬头望窗，外面已是晴空万里。感谢你的阅读，也祝愿你的生活犹如这晴天般开朗明媚。

我在宋词的婉约里遇见你

有个男孩去泰山玩，自拍的时候，有个女孩无意中闯进了他的镜头里，发现他正在拍照，随即摆了一个可爱的姿势，与男孩合影了。男孩发现后，全网寻找女孩，后来女孩现身，两人也顺理成章地相恋了，并收到了全网的祝福。

有些相遇，不热烈，却异常舒心。亦如你迎面而来，而我恰好向你走去，在即将擦肩而过的时候，我们停下了脚步，相视一笑，从此结缘。

即便时光也无法抗拒相遇的美，唯有用岁月雕刻的永恒，让无数个我和无数个你，可以走进历史，穿过那被时光尘封的记忆，与君初相遇，淡相守。

相知如诉，"理罢笙簧，却对菱花淡淡妆"

"常记溪亭日暮，沉醉不知归路。兴尽晚回舟，误入藕花深处。争渡，争渡，惊起一滩鸥鹭。"短短三十三个字，却让我们看到了十六岁的李清照的惊世才情，也看到了她少女时代生活的恣意和唯美。

十八岁时，李清照嫁给了二十一岁的赵明诚，婚后两人感情很好，更因为有共同的兴趣爱好，他们的日子过得幸福而富有诗意。

"晚来一阵风兼雨，洗尽炎光。理罢笙簧，却对菱花淡淡妆。"一个烈日炎炎的午后，风雨刚刚停歇，李清照的笔下充满情意，潺潺地诉说着新婚的幸福时光，而人的欲念在这里成了一幅立体的画卷，美轮美奂，却不俗不艳。

李清照与赵明诚婚后一直过着神仙眷侣般的生活。关于他们的唯美日子，有一段流传已久的"赌书泼茶"的故事。

李清照的藏书颇丰，赵明诚也不遑多让，二人时常在饭后，于"归来堂"烹一杯香茗，在堆积的史书中，一人翻书提问另一人，某书某页某行记录了何事，答对的即可饮茶作为奖励。在他们身上，读书的浪漫，就是生活的情趣，一箪食、一瓢饮都是唯美的旋律。

李清照在婚后的第二年，因其父的冤案受到牵连而无处安身，被迫还乡。与丈夫的暂别，让心有灵犀的感情，变成时时相思的牵挂。"一种相思，两处闲愁。此情无计可消除，才下眉头，却上心头。"初读不觉情深，再品已泪流满面。

席慕蓉在《回眸》中说："前世的五百次回眸，换得今生的一次擦肩而过，我用一千次回眸，换得今生在你面前的驻足停留。"

李清照与赵明诚，不知是用了多少次回眸，才有了此生的美好相遇。这一次在才女与才子的故事里，他们谱写了世间独一无二的爱恋，他们是彼此的仰慕者，他们的相遇，是从容、优雅的岁月静好，更是无与伦比的幸福。

一眼沉沦，"衣带渐宽终不悔，为伊消得人憔悴"

一见钟情的爱情，从古至今都让人神往。一如《知否知否，应是绿肥红瘦》电视剧里的小公爷齐衡和盛明兰。

齐衡初见明兰，便把聪慧、漂亮、可爱，甚至有些狡黠的明兰放进了心里。

那一刻，齐衡的内心是惊慌的，因为在他的人生中从来没有遇见过这样的女子。他的内心同时也是欣喜的，就像春风拂过的青涩枝丫吐出了嫩芽，就像被温柔的阳光笼罩、被雨露滋润的土地一样，舒展着开启了五彩斑斓的季节。

那一刻，让齐衡本就美好的生命，陡然迸发出了更强大的活力，以前都是独自翩然起舞，一曲天籁乍然闯入，却格外合拍；那一刻，齐衡的眼睛亮了，心里满了，身心轻盈，世间一切在他眼里都是美好。

金风玉露一相逢，便胜却人间无数。

明兰的一举一动都牵动着齐衡的心，左右着他的心情。让内心本就细腻的翩翩公子，变得更加知心体贴。知道她是庶女，吃穿用度不比两个姐姐，便趁她被罚抄书的时候送她好笔；知道她喜欢美食，遇到美食就想着带给她……明兰的一丝回应，都让他窃喜不已，然后沉浸在对美好未来的向往中。

人生的每一场相遇，都是缘分。对齐衡来说，与明兰相遇是他此生最美的事情，明兰是他无价的瑰宝。在遇见之前，一切的优秀都是身份和责任使然；遇见之后，他读书、科举，出人头地的责任都有了颜色，这颜色点亮了他，让他的世界鲜活起来。

衣带渐宽终不悔，为伊消得人憔悴。

当齐衡的母亲反对他迎娶明兰，更坚决反对明兰做正妻的时候，他用一切能够想到的办法来抗衡母亲。满腔的爱意，让他无畏无惧。

　　齐衡在得到明兰的承诺后变得更加坚定，从未吃过苦的小公爷，一直坚守着他们的爱情。直到在顾家的答谢宴上相见，看到消瘦的齐衡，明兰心疼地对他说："你别这么惦记我了，你瞧你都憔悴了，都瘦了！"而病弱的齐衡却以满足的笑容注视着明兰，一切尽在不言中。

　　在"速食爱情"盛行的当下，那一如宋词般缠绵婉约的爱情，令太多人为齐衡的坚守而动容。"弱水三千，只取一瓢"，是缘分，也是修行。

一见相知，"高山流水遇知音"

　　相识满天下，知心能几人。

　　一见钟情的除了爱情，还有知己。就像有人说："闺密是无性的终身伴侣，比丈夫更懂你。"其实不仅是闺密，所有的知己都是这个世界的另一个自己，比自己更懂自己，比如伯牙和子期。

　　伯牙，春秋战国时期楚国郢都人，虽为楚人，却任晋国上大夫，琴艺高超。相传子期是一个戴斗笠、披蓑衣、背扁担、拿板斧的樵夫。他们两人有着截然不同的身份，却在第一次相遇的时候就成了知己。

酒逢知己千杯醇，茶遇知音万众香。

相传伯牙在遇到子期之前，总觉得自己的琴艺还不够好，做不到在感受万事万物后的传神表达。他的老师知道后，就带他乘船到东海的蓬莱岛上，让他欣赏壮阔的自然景色，倾听无边无际的大海的涛声。

于是，伯牙沉浸在波浪汹涌、浪花激溅、海鸟翻飞的蓬莱景色中，浪花声、鸟鸣声，声声入耳，在伯牙脑海中与琴律融合，情不自禁地音随意转，通过琴声传递出来。但是，无人能听懂他的琴音所传递的心声，以至于他很长一段时间都感到无比孤独和寂寞，并懊恼不已。

有一天，伯牙在回家的路上，又想起没有人懂他，于是独自苦恼地在汉江边抚琴。子期正巧路过，恰好听到他的琴音。一曲罢，他听出了弦外之音，不禁赞美《高山流水》的曲调，忍不住说："雄伟而庄重，好像高耸入云的泰山一样。"

伯牙十分激动，便请他上船，又演奏了一曲赞美大海的琴音。子期又说："宽广浩荡，好像看见滚滚流水，像无边的大海。"伯牙顿生"此人是我的知音"的感慨，之后两人便成了莫逆之交、一生的知音。

"欲将心事付瑶琴。知音少，弦断有谁听。"不幸的是子期早早离世，伯牙知道后，赶往子期坟前抚了平生最后一支曲子，然后尽断琴弦，因为世上已无知音，所以终生不再抚琴。

"只愿君心似我心，定不负相思意。"李清照的一生颇为坎坷，但她与赵明诚神仙眷侣般的生活，十分让人向往。在他们眼中，喜怒哀乐只是生活的平仄而已。

"十年生死两茫茫，不思量，自难忘。"齐衡等来了在明兰面前驻足停留的机会，却终是没能冲破世俗枷锁，与明兰相知相守。但是他将这份悸动用另一种方式实现了，把这份初见的刻骨铭心带到了另一个世界，始终守护。

"相逢有酒且教斟，高山流水遇知音。"子期的生命虽然短暂，但他和伯牙"高山流水遇知音"的故事却流传千古，为天下难觅知音者所向往。

人生路上，有时虽乌云密布，但总会转晴。那曾经厚重的乌云，慢慢地向四方散去，一如初见时的美好，更如在细腻情感里，照进的那束光，淡淡的，却很温暖。

很幸运，在宋词的婉约里遇见你，虽没有荡气回肠，但有那"润物细无声"般的唯美在我眼前，伫立相拥，舒展延绵。

读万卷书，行万里路

　　董卿曾在《主持人大赛》中说："读万卷书，行万里路，可以让我们摆脱局限和狭隘。"诚然，当我们通过书籍来丰富内心，通过旅行去开阔视野，认识到世界之大、自己之小时，自然就不会再盲目自大或者执拗于个人的想法了。

　　"读万卷书，行万里路。"不仅仅是一句普通的谚语，更是一句人生格言，它代表着不断向前的行动力和开拓未来的精神。这种精神引领我们体验生命之美好，见识天地之广阔。

读万卷书，品百味人生

　　一本书有时候能带给我们说不尽的滋味，它可以带我们回到过去，也可以让我们领略未来。书籍里的世界如此奇妙，许多的智慧和哲理都在纸张的间隙中深藏。

当我们疲惫了一天之后，当我们经历了悲伤之后，或者当我们在享受闲暇时光的时候，读一本好书，让它承载我们内心的感受，拂去身上的尘埃，放飞心灵，遨游于书海。

每一本书都是一个思想的体系，每一页文字都充满了智慧的火花。从一本书中汲取真理、品味生活，让我们在书中开阔视野的同时也找到人生的价值。

从古至今，好书层出不穷。那些经典名著不仅见证了历史的发展，更成为我们生活中的典范。

《红楼梦》中金陵十二钗的遭遇让我们不禁对命运产生了思考；《西游记》中人物的塑造让我们看到了人生百态；《三体》中人类文明的覆灭则让我们警醒。这些作品亦成了文学的瑰宝，让我们在书中看到了世界的多样性。

除了经典名著，许多新品类的书籍也在不停地涌现。一些现代作家通过对当代人生活的观察，也能写出有意义的作品。

当今社会节奏愈来愈快，生活压力不断增大，找到一本自己喜欢的书，把读书当作一种治愈方式，是缓解压力的一个好方法。作者通过文字的形式向读者表达自己的情感，我们可以从中找到共鸣，也能从中获得启示。

读书如同品尝美食，每一本书都有着不同的味道。有些书浓郁得像咖啡，让人沉淀下来；有些书清新如雨后的空气，带给人灵感和感动。不管是哪种味道，它们都值得我们去品尝、去领悟。

人生如同一道菜肴，有酸甜苦辣。每一个人都要经历自己的人生历程，面对各种各样的挫折和困难。只有通过这些经历，才能更加深刻地理解生命的真谛。

人生也如一杯酒，品味得越多，就会尝到越多的滋味，获得越深沉的思考。读万卷书，正是通过品味书中的文字和内涵来感受世间万象，理解人生百态。

读书，是品味人生的最佳方式之一。它能让我们不断修炼内心，增添人生的光彩。人生不是简单的直线，而是一个循序渐进的过程，需要我们不断地去探索和领悟。每一本好书都是陪伴我们走过这一路程的良友，它会成为我们人生中的一部分，让我们不断地提升自己的修养和内涵。

让我们一起携手读书，品味人生，体验生命的华美。

行万里路，见天地之广阔

当我们踏上旅程，远离熟悉的舒适区，眼前便是另一番天地。蓝天白云，青山绿水，繁华喧闹，古朴幽静，种种景象交织成一幅灿烂的画卷，仿佛在眼前展开着。我们不自觉地投入到这幅画中，沉醉于其中，感受着它那永恒、神秘、美丽的存在。

行万里路，见天地之广阔，不只是看风景，更是看人生。人生如一段旅程，每一次的出发和归来都是一种体验，是一种震撼。

旅途中，我们见到了大美世界，感悟当下生活的美好；在陌生的城市里，我们结识了来自不同国家的人们，领略了不同文化的魅力。每一次旅行都让我们学会了感恩、自信、勇敢和睿智。

在这段旅程中，我们同样看到了人与人之间的相互依存和相互支持。面对困难和挫折，我们相互搀扶，共同前行；面对风景如画的美景，我们相互分享，共同感受。

旅行不仅仅是一次自我体验，更是一种群体体验和人文交流。

行万里路，见天地之广阔，也让我们认识到了自然和人类之间的互动。我们看到了日出日落，走过茂密的森林，经过田野山岗。繁华的城市是人类智慧的结晶，而大自然是永恒的神奇和美好。

旅行不仅是要到达目的地，更要在沿途收获点点滴滴，在行走的时光中沉淀与思考。

行万里路，见天地之广阔，我们再次领悟到生命的价值和意义。旅行可以使我们遇见更好的自己、更好的生活。

人的一生需要经历不同的旅程，才能理解自己在这世界上的位置和意义。面对新的一天和新的挑战，我们会更加勇敢。

让我们一起踏上旅途，行万里路，见天地之广阔！

"读"与"行"结合，方能笃行致远

读书，是一种精神的旅行，而旅行则是一种身体的阅读。两者的结合，可以让我们的生活更加充实丰富，也能使我们在探索世界的同时，收获更多的人生经验。

读书与旅行，是人类认识世界的两种方式。读书能让我们在静谧的环境中享受文字的魅力，并汲取他人的智慧和经验，而旅行则能让我们亲身感受大自然的壮美与历史的底蕴。把这两种方式结合起来，可以让我们拥有更广阔的眼界，有更深刻的人生感悟。

读书，是一种思想上的旅行。读一本好书，就像走一条充满曲折的小路。在路上，你会遇到各种有趣的人，听到各种动听的故事。你会经历刺激的冒险，也会品味宁静的时刻。读书其实就是在探索世界的过程中，不断地发现自我，同时学会理解他人。

走路，同样也是一种思想上的旅行。行走在新的城市中，你会遇到不同风格的建筑和不同肤色的人们，感受到各自不同的生活方式。这样的经历会不断拓宽你的眼界，让你在行走中产生感悟。

读书与旅行结合，才能真正地发掘其中所蕴含的人生智慧。相比只读书或只旅行，两者相结合会帮你更深入地了解自我，也让你意识到自己的潜力和力量。

行走在旅途中，身边早已风景如画，带给我们身体和心灵的双重体验，是任何一本书都无法代替的。

每当我们行走在山水之间，脑海不禁会涌现出古人笔下的山水名句，感受到他们所描绘的生动的山水之美。

李白的"登高壮观天地间，大江茫茫去不还"，这满怀豪情的诗句，唤醒了我们内心深处沉睡的感知之美。每当我只身走入一座座古城，便不由得被这些沉淀在巷子中的历史与文化所吸引。我会站在那里，伫立着，留心聆听从城墙下传来的细微声响，远眺古城的风景。

许多文化巨匠不仅仅在书籍中出现，还在身边的每一个角落提醒着我们，让我们能真正地领略到无限的风光、美好的世界。

有人说："旅行和读书一样，会使我们的人生更明媚多姿，让我们的思想更清晰敏锐，让生命更有意义。"

读书和旅行并非只是短暂的消遣，而是一种意志力的锤炼和智慧的启示。去读书，去旅行，将二者相结合，笃行致远。

让我们翻开一本书，与作者来一场心灵的对话、思想的交流。让书籍带领我们进入一个又一个的新世界，让文字充盈我们的心灵，充实我们的人生。

让我们开启一段旅程，与山川湖海来一次亲密接触，将那绿树繁花、杨柳飞絮、小桥流水统统收入眼底，藏进心里，编织成一幅幅绚丽多彩的画卷。

读万卷书，行万里路，让我们的人生更加丰富有趣，让我们的内心更加坚定充实，让我们感受世间的美好，领悟生命的价值和意义。

穿过夏末，交给秋风

人生海海，跌跌撞撞；昼夜交替，四季轮转。在跌宕起伏的尘世中，我们习惯在春天播种，种下希望；我们习惯秋天收获，得到硕果。无论花草蔬果，俱是心之所望，总在春天种下，一番劳作后穿过夏末，在秋风里获取硕果。

当树叶开始泛黄，当泛着金光的稻穗随风摇曳，那些我们曾在春天播下的希望之种，经过努力之水的灌溉，经过酷暑的考验，定能穿过夏末抵达收获之秋，结出累累果实。

言传身教是孩子人生中的第一道光

都说父母是孩子人生之路上的第一任导师。父母平日里的言行，都将化作一束束光，照亮孩子前行的路。如果孩子是春天田野里生长的嫩苗，那父母的言行必是普照大地的阳光，光的方向即是嫩苗生长的方向。

杨绛是我们熟知的现代作家、文学翻译家，她一生清醒自知，是精神世界里的贵族。她的成就也离不开父母潜移默化的影响。

杨绛出身书香门第，母亲知书达理、温婉知性，父亲学识渊博、情绪稳定。小时候杨绛最喜欢做的事便是依偎在父母身旁，每人手捧一书在书海中遨游。

父亲喜欢跟杨绛讲述有关诗词歌赋的知识，杨绛听得万分欢喜。

有一天，父亲问她，阿季，三天不让你看书，你会怎么样？杨绛答，不好过。父亲又问，一星期不让看呢？她不假思索地说，一星期都白活了。从小耳濡目染的杨绛，跟父母一样成了一个嗜书如命的人。

若把人生分为春夏秋冬，那幼儿时期必是春。孩子代表着希望，在时光流转中，在父母之爱的滋养下，小芽儿茁壮成长。他们用好奇的目光探索世界，用感知塑造精神和灵魂。父母之爱子，则为之计深远，言传身教是最好的传承。

在人生之初，父母潜移默化的影响与鼓励，如春日在孩子心里撒下的种子，穿过夏末，在秋风中长成参天大树。

父母一次次肯定的回答，一个个鼓励的眼神，一段段温馨的亲子时光，都将成为滋养这棵树的养料，让它成长，促它强壮。

父母将希望的种子种在杨绛心里，用行为与鼓励灌溉，穿过夏末，交给秋风。在秋风里，杨绛揣着对知识的渴望不断前行，在文学世界里留下了一个个深深的脚印。

红色捷报是最好的成人礼

十八岁是青春的代名词，而青春是奋斗的代名词。不曾在青春奋斗过，只能称之为蹉跎岁月。

梦的翅膀在飞扬的青春里翱翔，少年们在炎热的六月里，用笔尖描绘各自的未来。他们斗志昂扬，充满希望。在黑夜里挑灯夜读，在青春里挥洒汗水。他们知道这些汗与泪终将汇聚成河，流向心之神往，流向梦之殿堂。

十八岁，人生的锦绣年华，灿烂犹如夏花。少年们在蛙唱蝉鸣的交响乐里，淋着雨奔跑；在绿茵场上，洒着汗水冲刺。他们曾在春日埋下理想的种子，在无数个夏夜为之拼搏，待到秋风至，成人礼成时，所有的努力都将变成一份份红色捷报，飞至他们身边，成为青春里的最佳奖赏。

盛夏光年里，万千星光中，每个奋斗的身影都值得鼓励，每个拼搏的人都将获得嘉奖。那些桌前俯首过的春与夏，都将变成点点微光，穿过夏末的热浪，在凉爽的秋风中化作朝霞，照亮十八岁的天空。

"青春是失败后坚强地想要再来一次的勇气，是就算看不到希望，也咬紧牙关不曾放弃！"这是人民网描写青春的句子，也是很多少年们的真实写照。尽管他们气馁过、挫败过，却从不曾放弃过。

如果说困难是春天里的荆棘，常常让懵懂少年一不小心就踉跄摔跤，那坚毅果敢的心和坚持不懈的精神便是劈开荆棘的利刃，是梦想迷航时照亮它的灯塔。

黑格尔说："青春是生命中最美好的一段时间。"薄伽丘也说过："人生的最大的悲痛莫过于辜负青春。"是啊，在最美好的年华，虚度了最宝贵的光阴，这是往后每每忆起，都将捶胸顿足、追悔不已的莫大遗憾。

所以，趁十八岁未远，趁青春还在。请用心耕作梦想之田，用春雨灌溉，用夏阳滋养，待到夏去秋来，梦想之田定会将所得之果，穿过夏末、交给秋风，让秋风给勇猛的战士们发去捷报与祝福。赶在成人之日，礼成之时，成为他们的最佳成人礼。

强大的内心是对生命的最佳犒赏

俗话说，人生苦短。在这短暂的一生中，有些人清醒自知，自由如风，让生命以随性热烈的姿态绽放。更多人则寻不到方向，一辈子碌碌无为，甚至来不及感受生命的精彩，就如陨落的流星般迅速归入尘土，遗憾离场。

在一些看不见的地方，总有人脚踩泥泞仰望星空。他们从不抱怨，甚至感恩命运的成全。因为没有石头的河流激不起浪花，没有阻碍的生命绽放不出绚丽的花朵。

"活到最狂妄的年龄上忽地残废了双腿"的史铁生，便是被厄运扼住喉咙反而将生命演绎得愈加精彩的典型例子。

他颓废过、抱怨过，却从未被命运打倒过。二十一岁的史铁生因病瘫痪失去行走能力，在命运混沌之时，他饱读诗书，用文字支撑起濒临崩塌的灵魂，用坚强的意志挖凿精神寄居之所。在轮椅上，用笔锋在荆棘满地的道路上劈开了生路，让灵魂在极暗之地开出了灿烂之花！

"但是太阳，他每时每刻都是夕阳也都是旭日，当他熄灭着走下山去收尽苍凉残照之际，正是他在另一面燃烧着爬上山巅布散烈烈朝晖之时。"身处极暗之地的史铁生，用生命的呐喊让我们感受绝望之处蕴含希望的文字力量。

《孟子》中写道："天将降大任于是人也，必先苦其心志，劳其筋骨，饿其体肤……"没有经过捶打的生命是没有韧性的，只有经受过千锤百炼的强大内心，才能支撑住生命的重量，让它拥有有如竹君般韧性十足的姿态，任尔东西南北风，都奈何不了它。

内心强大者，独行也如众。即便所遇万难，他一个人也可以是千军万马。

人生常态是无常，或迟或早终将面临。在遇事之时，拥有强大的内心，才是排解万难的撒手锏，才是对生命的最佳犒赏。

脚步丈量不到的地方，文字可以。有力量的文字能让人增长智慧，曾经读过的一字一句，在关键时刻都将变成照亮前路的希望，变成深海迷雾中的灯塔，为迷航的人们指引方向。

所以，余生拥有一颗强大的内心是对生命的最佳犒赏。书是可以随身携带的避难所，也是灵魂的居住地。它能帮助我们蹚过困难之河，去到一个又一个生命的新高地，欣赏别样的风景。

有人说，没有什么比时间更具有说服力，因为时间无须通知任何人，就可以改变一切。

其实有说服力的不是时间，而是身处时间里的我们。"春种一粒粟，秋收万颗子。"所有在秋天收获的果子，种子定是春天早已播下的。如果我们珍惜每个当下去阅读、去思考、去充实自己的内心，那穿过夏末、交给秋风的必是一个无惧黑夜、自洽如风般的坚忍灵魂。

常言道，三四月份做的事，七八月份自会有答案。想做什么就马上去做，种一棵树最好的时机是十年前，其次是现在。

春天播的种，经过耕耘，秋天总会有所收获。放手去做，我们想要的，会穿过夏末，交给秋风，因为秋风从不说谎。

生活是一幅半是斑斓半是素雅的画卷

生活是一幅半是斑斓半是素雅的画卷。人生的精彩在于"淡雅而不孤寂，繁华而不彰显"。

生命的旅程，是一场灿烂的绽放，呈现出五彩斑斓，让我们的生活丰富多彩；人生的旅程，也是一场心灵的休憩，只有静心，才能听到陌上花开的清音。

斑斓的生活，让我们充满希望，激情四射；斑斓的生活，让我们感受到生活的多姿多彩，让我们感叹生命澎湃而有活力，充满无限可能。

素雅的生活，让我们变得静雅从容、内敛沉静；素雅的生活，让我们庆幸岁月安详平和，让我们学会珍惜眼前的幸福，学会珍惜当下。

创造斑斓，静享素雅，在热闹与恬静之间，找寻属于我们自己的生活。

斑斓的生活，造就精彩纷呈的人生

生活，是一幅斑斓的画卷。

岁月变迁的脚步在生命的长河从不停下，生活灿烂的色彩涂抹在人生的征途，纯净而美好，灿烂而热烈。五彩斑斓的生活，就像一粒粒美丽的钻石，镶嵌在我们前行的道路上，丰富我们的生活，装扮我们的世界。

斑斓的生活像缤纷的万花筒，不同的角度呈现异样的风景；又像雨后的彩虹层层叠叠，漂亮地挂在空中。我们悠然地行走在天地间，翩翩起舞，舞出属于自己的精彩。

斑斓的生活，让我们激情满满，乘风破浪，勇敢而决绝地踏步走在前进的道路上。

斑斓的生活，不会从天而降，勇于承担，是我们斑斓生活的基石。

列夫·托尔斯泰说过："一个人若是没有热情，他将一事无成，而热情的基点正是责任心。"教育子女，赡养父母；好好工作，努力进取。生活赋予我们不同的角色，我们便需要承担不同的责任。

斑斓的生活，也需要我们积极地追求和创造，不惧碰撞，不畏艰险，让我们的生命充满光彩和活力。

海明威说："生活总让我们遍体鳞伤，但到后来，那些受伤的地方一定会变成我们最强壮的地方。"

在我们的生命旅程中，我们会遇到各种各样的挑战和机遇，而正是这些挑战和机遇创造了我们生命的精彩。

这些经历和体验带给我们启示和感悟，让我们领悟到生命的真谛和意义；这些经历，让我们变得更加坚忍、勇敢，充满智慧，从而更好地面对未来的生活。

"凡是过往，皆为序章；凡是未来，皆有可能。"抛开往日的困苦，在前行中，保持坚定的勇气和毅力，挖掘思想的深度和智慧，让我们的生命变得更加深刻和内敛，更加真实和坚忍。

只要我们拥有积极向上的心态、诚实守信的品行和坚定的信念，我们的生活必定五彩斑斓且更加有深度。

你若盛开，蝴蝶自来；你若精彩，天自安排。

愿我们都能在这幅画卷中找到我们自己的色彩，体会五彩纷呈的人生。

素雅的生活，安放四处漂泊的心灵

苏轼《赤壁赋》中说："惟江上之清风，与山间之明月，耳得之而为声，目遇之而成色。"

生活，是一幅素雅的画卷。

素雅的生活，没有过多的烦琐装饰。心灵安逸，侧耳聆听，清风微语；目之所及，山水成色。素雅的生活虽然简单，却充满了力量和意义。

生活的素雅之美，体现在我们对简单生活的追求与珍爱上。

王维在《终南别业》里写道："行到水穷处，坐看云起时。"

物欲横流的快餐时代，我们常常感到身心疲惫。而追求简单生活，能让我们放慢脚步，享受生活的本真，体验"从前车马很慢，书信很远，一生只够爱一个人"的美好。

生活，本就平凡而朴实。

柴米油盐，三餐四季，烟火人间，日子一天一天地过。在日复一日的生活中，我们也许会感到无聊，也许会感到平淡，但是，这不就是日子本来的样子吗？

苏轼说："人间有味是清欢。"这短短的一生啊，我们追求的幸福莫过于厨房有火、家有温度、心有牵挂，守着流年，幸福安康。市井长巷，聚拢来是烟火，摊开来是人间，素朴而真实。

生活的素雅之美，也蕴含在我们对于内在品质的关注和追求上。

闲暇之余，多读读书，让我们的精神世界也开满鲜花，芳香四溢。心，从此不再荒芜。也可以逛逛街，喝一杯咖啡，品尝一份甜点，让甜蜜的滋味在味蕾绽放。

当你累了，就歇一歇吧，无论是举杯共饮、陪伴家人，还是漫步公园、阅读好书，这些都会成为我们生活中最美妙的时刻。这一刻，焦躁不安的情绪得以释放，四处漂泊的心灵得以安定。

我们只有用心去感知，才能真正领悟其中的美好和温馨。

素雅的生活，教会我们学会欣赏和感受这些平凡而又真实的时刻。让我们珍惜生命中的每一刻，在素雅的生活中，静享岁月美好。

斑斓与素雅之间，是平衡的人生

生活中的斑斓和素雅相互交织、相互映衬。

生活没有斑斓，人生就会单调乏味；生活没有素雅，人生则会浮躁不安。当斑斓和素雅相互交融，人生才变得丰富而完整。

生活中的斑斓和素雅，也需要我们学会去平衡。

在追求斑斓的同时，也要学会享受素雅；在珍惜素雅的同时，也要学会创造斑斓。只有平衡了斑斓和素雅，人生才能变得美好而和谐。

人生就像一条河流，它会在我们的身边缓缓流淌，有时候波涛汹涌，有时候又平静如镜。生命之路有时风景秀丽，有时曲折坎坷，我们需要学会找到平衡点，才能真正地享受生命带来的所有美好。

对于斑斓，我们应该积极地去追求和创造，不留遗憾在身后；对于素雅，我们应该珍惜和感恩，学会守候恬静的幸福。

不管是灿烂如画的山水，还是平淡无奇的市井小巷，我们都应该在珍惜的同时尽情地享受生命中的每一个瞬间。

人生的弓，拉得太满人会疲惫，拉得不满人会掉队。生活，充满了各种可能性和机遇，无论是斑斓还是素雅的生活，我们都需要保持乐观的心态，积极拥抱生命的所有可能。

得之坦然，失之淡然。人生在世，只有经历浮华，才能历练一颗处变不惊的心；只有经历沧桑，才能体会生命的厚重和岁月的斑斓；只有经历挫折，才会明白真正的柳暗花明；只有经历喧嚣，修炼出的宁静才是真正的心之所向。

生活是一幅半是斑斓半是素雅的画卷，在这幅画卷中，有着无数的故事和经历，它们在我们的心中铭刻，让我们变得更加成熟和睿智。

生活需要色彩的和谐，人生需要岁月的共鸣。在斑斓和素雅之间，是我们的平衡人生。

生活是一幅半是斑斓半是素雅的画卷，它呈现出人生的点滴，是我们一生中最珍贵的财富。

生活是一幅半是斑斓半是素雅的画卷，这幅画卷中的每一个细节都是生活的缩影，每一个人都在这幅画卷中扮演着不同的角色，演绎着自己的人生。

生活是一幅半是斑斓半是素雅的画卷，这幅画卷充满了生命的意义和灵魂的光芒，它让我们的人生精彩而又平稳地一路向前。

一轮明月，两座城

明月千里寄相思。自古明月多寓意，以相思滋味最为醇厚。

人生的悲欢离合、跌宕起伏，恰如月的阴晴圆缺，自古难全。

明月如此，世事如此，无法事事都如意。唯有寄情于这轮明月，才能尽情直抒胸臆，释放这浓得化不开的相思。

两座城，天涯之隔。月光洒满天涯的两端，你在这边，我在那边，两人便生出一种相思，两处闲愁。

那便举头望明月，请明月代为问候吧。

对无法割舍的友情、亲情和爱情，以明月为信使，将一缕缕相思化作云中锦书，这何尝不是另一种选择？

一轮明月，两座城。

仅明月清风与我同坐，又如何？我心至诚，明月可鉴。

我真挚的情感一直都在，与是否见面无关，见字如面也可；与是否联系无关，有一轮明月寄相思，足矣。

人生得一知己，足矣

"嘉陵江曲曲江池，明月虽同人别离。"

明月照九州，一半照在白居易的笔端，一半落在元稹的心间；一人在曲江池畔的京城，一人在嘉陵江岸的东川。

月儿圆满，人却少了。无法相聚观赏，实乃遗憾。顷刻间，往日在月亮下漫步的情景才下眉头，却上心头。白居易如此想念元稹，这首诗便在微醺中写出。

二十八年的友情啊，遥想同年金榜题名，春风得意马蹄疾，风华正茂时，两位才俊一见如故，有了不解之缘。之后元白二人惺惺相惜、念念不忘，创作绝佳诗作无数，情谊胜过人间无数。

白居易被贬江州，在蓝桥驿见到元稹的题词，他欣喜不已，竟然要去遍途中所有驿站，只为寻找好友的笔迹。

元稹被贬通州，被大病折磨得形销骨立，却始终挂念着一生挚友白居易，得知好友也被贬到荒芜之地，百感交集中写下"垂死病中惊坐起，暗风吹雨入寒窗"，收到白居易的信，未拆便已泪流满面。

人生得遇知己，幸甚至哉！茫茫人海觅得君，三生有幸。

友人何在？中秋圆月下，伯牙一曲《高山流水》弹尽对子期的思念。友人何在？严寒风雪中，左伯桃让衣冻死，羊角哀共赴黄泉战荆轲。友人何在？长安城外，王勃一首"海内存知己，天涯若比邻"吟唱出与杜少府的依依惜别情。

"相识满天下，知心能几人。"愿你我能在人生中遇到知己。无论身在何方，无论相不相见，即便天涯咫尺，依然心有灵犀。

看——两座城里，两个人，共同举杯。一杯敬今晚的月光，一杯敬明日的朝阳：前路漫漫，愿彼此安好。

兄弟情真如斯，足矣

"明月几时有，把酒问青天。"

丙辰中秋，明月当空，一半映在苏轼邀明月的酒杯中，一半落在四百里外苏辙的心头；一人在密州欢饮大醉，一人在齐州思念兄长。

月圆之夜，手足难聚。无法觥筹相交，唯有睹月独饮。

那一瞬，少时的勤奋共读、悲伤时的相互慰藉、患难时的相互帮助纷纷从记忆中跳出。分别数载,苏轼如此想念苏辙,这首诗便在大醉中吟出。

虽同在山东为官，但按规制不能相见，对兄弟二人都是一种折磨。"离别一何久，七度过中秋"，苏辙作诗时也不忘与兄长相和。"明夜孤帆水驿，依旧照离忧"，心心念念的兄长无法相见，在团圆月夜感触尤甚。

苏辙深知兄长性情，万般嘱咐：说话要讲究场合，更要与对的人说。因乌台诗案入狱的苏轼，给苏辙写下："与君世世为兄弟，更结来生未了因。"兄弟之情为天地所感，日月为证。

两人同被贬谪到南方，匆忙相遇，又匆忙别离。一碗粗糙且味道不佳的面，吃出了苏轼乐观豁达的性情，也表达了他对弟弟的安慰和劝导：只要与你一起，人间最美是清欢。

苏轼对苏辙，亦师亦友亦同窗，亦兄亦长亦榜样，一句兄友弟恭无法言尽两人的手足情深。可相见时难别亦难，两人一生聚少离多。

词人晏殊道："一向年光有限身，等闲离别易销魂。"的确，人生有限，伤离别之类的遗憾颇多啊！能把握的只有当下。这头顶的明月仍在，月光洒在斯人心上，他一边凝望故乡的方向，一边自我慰藉"此心安处是吾乡"。

"但愿人长久，千里共婵娟。"愿你不惧路途千里，不怕狂风骤雨，在有限的生命里，在片刻相聚中，融化心头雪、眼底霜，乐观豁达地面对别离、面对无常，飞扬兮飘零兮亦无妨，在当下安放住那颗心便好。

看——两座城里，两个人，共同举杯。一杯敬遥不可及的故乡，一杯敬不为人知的远方：人生苦短，愿彼此心安。

一生挚爱相伴，足矣

我心归处是敦煌。

月出皎兮，一半投在大漠飞天的壁画上，一半映在江城校舍的窗棂边；一人在有着月牙泉的敦煌，一人在长江江畔的武汉。

相隔千里，见月似你。无法与你相守，心中唯有日月。刹那间，未名湖畔的相识相知、莫高窟里的相思、无法割舍的守护使命纷纷浮现于脑海，樊锦诗是如此想念丈夫，分离两地数载，但两人的心从未分离。

一场文化苦旅，从一头青丝到满头华发。时年二十五岁的樊锦诗从北大毕业，去往大漠戈壁，这一走就是半生。

莫高窟"洞内是神仙世界、艺术殿堂，洞外却是飞沙走石、黄土漫天"的敦煌之美震撼人心，但敦煌之苦却令人心惊。

二十九岁的樊锦诗与恋人彭金章结婚，开始了长达十九年的"鸿雁传书"。丈夫的理解、包容和体谅，甘愿舍弃自己在武汉的事业，陪伴她扎根大漠……这些成就了樊锦诗，成全了她守护敦煌的人生志向。

守住前辈的火，开辟明天的路。她走遍每一个洞窟，看遍每一幅壁画，端详每一尊雕像，历时四十年，终于完成《莫高窟考古报告》的编纂，如今耄耋之年仍在为敦煌文物保护事业殚精竭虑。

季羡林先生的《在敦煌》里有这样一段话："从内心深处我真想长期留在这里，永远留在这里。真好像在茫茫的人世间奔波了六十多年，才最后找到了一个归宿。"

人生总有取舍。于樊锦诗而言，舍弃城市的舒适，舍弃与丈夫的相守，得到的是对莫高窟文化的传承。

"敦煌定若远，一信动经年。"愿你知道自己真正想要的，知道自己该去往何处，与爱人一起，任凭岁月荏苒，不减爱意之浓。奉献此生，用爱温暖梦想，温柔时光。

看——两座城里，曾有两人，共同举杯。一杯敬天各一方的过往，一杯敬往后余生的未来：愿一生有爱的人，有爱的事。

心安是归处

遥记白居易的"心安是归处"、苏轼的"此心安处是吾乡",一场跨越千年的文化之旅仍在赓续,正如被称为"敦煌之女"的樊锦诗,轻轻地道出"我心归处是敦煌"这样的话语,这个旅程有前赴后继的人们,他们传递着责任,创造着新生。

不约而同地,他们在一轮明月下的两座城里彼此思念。思念如潮水,那般锲而不舍,那般绵绵不绝。可人终究无法抗衡世事的无常和境况的变迁。

别无他法,只有安抚这颗相思的心。偏偏,人的这颗心哪,是最难安抚的。友情也好,亲情也好,爱情也罢,到最后修得心安就是大成。

人生逆旅,这一程可以有一腔孤勇、披荆斩棘的对外征服,这一程又免不了一场正视自己、面对内心的扪心自问。

一轮明月,两座城。望的是月,安的是心。

愿我们都有一颗安定的心,丰盈富足,豁达洒脱,充满喜乐。

无论未来如何，一定要活出自我

杨绛先生说："世界是自己的，与他人毫无关系。"

是啊，人生是自己的。

无论未来如何，人生的旅程都得自己走。这一程，可能有颠簸、有荆棘、有鲜花、有掌声、有白天、有黑夜，这些都无妨。人生的价值何在、如何经营事业、爱情该如何安放……凡此种种，都该由自己决定。

别人认为的，别人塞给你的，别人眼里的你，都不是你自己。唯有活出自我，路才真正算是自己走的。没人知道未来的模样，但我们可以选择在当下的人生里活出自我想要的模样。

活出自我其实不难，若懂得取舍，顺其自然，和内心契合，整个人都会无比愉悦。活出自我离不开坚守本心，若心存善良，坚定信念，守住做人做事的底线，整个人都是丰盈的。活出自我也非易事，但历经磨难后，感恩风雨，与内心和解，整个人都会变得通透起来。

未来该来的终究要来。所以，活出自我是人生最负责、最确定的表达。

无论未来如何，一定要活出真实的自我，不枉来人间走一遭。

做自己的梦，走自己的路

"在人世间的一切责任中，最根本的责任是对你自己的人生负责，真正成为你自己，活出你独特的个性和价值来。"哲学家周国平如是说。

活出自我从根本上看是一种价值观。

生而为人，忽略不了"责任"二字。对家庭负责、对孩子负责、对工作负责，诸如此类，这些"负责"如同紧箍咒，把人箍得紧紧的。不知不觉，在这种对外负责的忙碌中，忘了自己，丢掉了梦想，丢掉了方向，丢掉了自我。

其实，每个人最该负责的对象是自己啊！活出自我的呼唤便如寒山寺的钟声，敲醒沉睡的心灵。

"长风破浪会有时，直挂云帆济沧海"，知道自己要什么，才会在奔赴未来的路上方向明确，披荆斩棘。

　　要什么呢？

　　像《月亮和六便士》中那个别人眼中的疯子——斯特里克兰，放弃一切，只要画画？只要你愿意，又何尝不可？

　　当他毫不犹豫地抛弃美满的家庭，丢掉原本优渥的生活，那一刻，才是这个人活出自我的开始。

　　哪怕几经穷困潦倒、饥饿折磨和疾病缠身，甚至差点丢掉性命，他始终在画画，画自己光辉灿烂的生命，画自己无比愉悦的心情，画画实现了他对自我的满足。

　　哪怕别人万般不解，甚至谩骂诋毁，他始终在画，画自己跳出舒适圈的果敢，画自己为自己负责的自在，画活出自我的幸福。

　　于自己，要什么呢？遵从内心做出取舍吧。

　　做自己的梦，走自己的路。真正活出自我，一定会让人充满前行的动力和直面未来的勇气，无论未来怎样，自己都无怨无悔。

　　"把握生命里的每一分钟，全力以赴我们心中的梦"，或许此生无法摆脱世俗的眼光，但我们依然可以在世俗中活出别样的自我，做出对自己最负责的表达。

　　执此一梦，为之奋斗，如此便可活出自我的愉悦与充实。

做自己的事，结自己的果

武志红老师说："人生只有一种成功，那就是按照自己的意愿，活出自己的人生。"

活出自我是一种事业观。

人生在世，总要做事。被繁忙的工作推着走，不知自己做这份工作的意义，得不到正向反馈，等等；工作如同嚼蜡，食之无味，弃之可惜，深深的厌倦和不安油然而生，对背弃自我意愿的工作心生逃离却又无法割舍。

其实，工作是可以按照自己的意愿来选择的。活出自我的理念便是定海的神针，稳住不安的心灵。

"大鹏一日同风起，扶摇直上九万里。"知道自己做事的初心，才会在未来拼搏的路上思路清晰，大有所获。

什么初心呢？

像《遥远的救世主》里的丁元英，在最穷的村子书写致富的神话？如果你愿意，谁能阻拦？

当丁元英放弃利润上亿的私募基金，离开灯红酒绿的放纵，孑然一身来到古城隐居，那一刻，才是他活出自我的开始。

他历尽千帆，阅尽人生，泰然自若，把才能放在帮助王庙村脱贫致富上，让来自乡村组装的音响走上了世界的舞台，他的初心便是助人和利他。

他直指要害，探本穷源，清醒如斯："扶贫行为不能直接让他们生存，他们还是要靠产品质量。"他的初心便是教人明理，告诫人们"天助自助者"，自己是自己的救世主，人唯有靠自己，才能活出自己的个性与精彩。

于自己，初心为何？遵从利他之心做出选择吧。

做自己的事，结自己的果。真正活出自我，一定会让人拥有利他的笃定和自我发展的底气，在遥远的未来，自己行的善都会结出善的果。你付出的所有善意，最后都会成全自己，这是于己最确定的表达。

只管做三四月的事，八九月自有答案，如此便能活出自我的丰盈与洒脱。

爱自己所爱，修自己的行

范小白在《种自己的花，爱自己的宇宙》里写道："只有一次的人生，就不要活在别人眼里了。"

活出自我是一种爱情观。

人在旅途，有爱成欢。为所爱的人把自己低到尘埃里，拼尽全力只为让对方眼里的自己变得更加美好，为家庭放弃自己的事业，在经济上依附对方，这些做法，如同缘木求鱼，为别人而活，反而丢掉自己，丢掉了对方。

其实，爱情最基本的是相互尊重。活出自我的呐喊便是心底的号角，让尚存执念的心灵清醒过来。

知道自己是自己的，在通往未来的路上才会不依附、不裹挟、不执着，有智慧地活出自我。

自己如何才能成为自己？

像洒脱放手，脱胎换骨成长的张幼仪？如果你愿意，为什么不呢？

当张幼仪意识到她的往后余生还很漫长，她不要再活在别人的眼光里、活在别人的期盼中，下定决心为自己好好活一回，那一瞬，才是她活出自我的开始。

假如当年的张幼仪执着于并不爱自己的徐志摩，不介意徐志摩对她百般嫌弃嘲讽，甚至疯狂追求林徽因，毋庸置疑，她的结局定是满含委屈和不甘，一生满是疮痍和悲怆。

假如不是徐志摩在她生下第二个孩子后仍毅然决然与她离婚，她也不会蓦然觉醒，愈发坚强，到德国深造，提高学识，丰富自己的人生，经营自己的事业，圆满完成了人生的蜕变。

于自己，怎样放下？遵从随缘之心做出判断吧。

爱自己所爱，修自己的行。真正活出自我，一定会让人获得爱情的真谛和历经磨难后的通透。无论未来如何，放下执念，不执着于不属于自己的爱情，学会与自己和解，好好爱自己才是最值得的。

诚然，爱情不是唯一，自己才是。

若非经历一番寒彻骨，怎得梅花扑鼻香？阳光总在风雨后，乌云之上有晴空。无论经历怎样的磨难，相信一切都是最好的安排，掌控自己的节奏，活出自己的步调，是对人生最完美的表达。

范小白说："别跟自己过不去，接下来的日子，我们的目标是吃好、喝好、睡好、心情好，想开点，别让自己的余生输给执念。"如此便能活出自我的轻松与从容。

提高认知水平，拓展人生维度

每个人来到这个世界，都是为了活出自己。

价值观、事业观和情感观，勾勒出各自独特的模样，让自己成为自己。

认知尤为关键。认知决定人生高度，站在一楼和站在第一百层楼看到的是截然不同的风景。认知影响人生的广度，"一览众山小"和"一叶障目，不见泰山"感受到的是不一样的境界。认知关乎人生的选择，让人不会再执着于对"对错"的争辩。

那么，从今天开始，想成为怎样的人，就去成为怎样的人；想要做什么事情，坚持自己的原则说做就做；想要爱谁，现在就去爱，同时别忘了爱自己。

与此同时，好好努力，认真成长，奔赴值得奔赴的未来，活成想要活成的样子。

生活原本厚重，我们何必总拈轻

生活是一本厚重而真实的书，每个人都在其中扮演着自己独特的角色。我们不能总是只关注表面上的轻松和欢乐，而忽略了其中更深刻的意义。

生活让我们肩负责任和使命，让我们意识到自己不能一味放任自己，而应该积极地参与到生命中的每一个领域。只有这样，我们才能真正地享受到生活所赐予的宝贵财富。

人生没有白走的路，当下的每一步，都是为未来铺路。那些挑战和困难虽然看似可畏，但却是我们成长的机会。它们可以锤炼我们的意志和品质，让我们变得更加坚强和勇敢。

生活就是逢山开路、遇水架桥

有人说，生活就像一条河流，时而悠然流淌，时而波涛汹涌。但对于生活的真正体验者来说，生活更像是一场旷世冒险。在这场冒险中，我们要经历陡峭的山路、湍急的河流，更重要的是，我们要学会逢山开路、遇水架桥。

古代伟大的思想家孔子，当他的弟子向他提问如何度过困难时，他告诉弟子，生活就是逢山开路、遇水架桥。如何度过顺境非难事，度过困境才是真难事。从孔子口中，我们可以感受到他对困难的认识和态度，他并没有强调尽量去规避困难，而是鼓励我们在遇到困难时要坚定信心，克服困难，要有耐心，不要放弃。

在这个世界上，每个人都面对着自己的生活难关。这些难关可能是工作上的挫败、家庭中的冲突，又或者是财务上的困境、情感上的波折，等等。面对这种种的挑战，我们应该告诫自己，不要退缩或者放弃，要努力寻找通往胜利的道路。

这条路或许崎岖不平、坑坑洼洼，但它是唯一的出路。

我们要像建造一条新路一样，一步步地去筑起自己未来的人生之路。如果总是想方设法绕开，那我们脚下的路必定越走越狭窄，越走越艰难，到最后将寸步难行。

生活的路途虽然充满了坎坷和挑战，但在这条路上，我们总会感受到喜悦。

在面对高不可攀的险峰、绵延起伏的江河时，我们要学会面对现实，并且相信自己。任何事情都有可能发生，任何迎面而来的难题都有解决的方式，只不过这些解决方式有的需要我们勇往直前，有的需要我们耐心等待。在这样的节奏里，我们要学会宽容，放下一些不必要的负担，好让我们可以更轻松地前行。

每一段经历，都是一笔财富

人生就像一本书，每一段经历，都是这本书里的一页。这一页上可能有甜蜜的故事，也可能有不堪回首的记忆。但无论这一页是好是坏，都是一种历练。每一次的成功，会让我们变得更自信、更勇敢；而每一次的失败，能使我们变得更加坚强和成熟，还能让我们的人生变得更加厚重而真实。

清朝的文学大师曾国藩，则用自己的人生经历让我们明白了任何成功都不是一蹴而就的，必须勤奋努力，凡事踏实认真，才能走向成功。

在固守信仰和追求梦想的过程中，我们不断收获着人生的"财富"。这些"财富"不是物质，而是滋养心灵的精神食粮。我们遇到的每一个挑战、每一次失败，背后都蕴含着重要的人生教诲，就像前行的路上有过走错路、跌倒过的经历，才能让我们更好地了解自己，明确自己往后的人生道路。

　　我们应把所有的经历都看成一笔宝贵的个人财富，当作有益的人生经验，用来锤炼坚定的信念，去发掘自己的潜力，并不断成长。如此，往后余生，我们的人生之路自然走得更顺，我们才能看得更远。

　　人生的经历，就如开盲盒，遇到什么样的情况，自己无法预料；人生的路，更是无法选择。我们能做的就是勇敢面对，接受所有的挑战，并将经历的苦，炼成生活的甜。

　　无论我们经历了什么，不妨坦然接受，从容应对。因为每一段经历，都是我们人生中的一笔财富，它让我们能更加从容地面对未来的挑战和机遇，让我们能更有力量去战胜生活中一切苦难。

从容应对挫折与磨难，成为更好的自己

古诗有云："不经一番寒彻骨，怎得梅花扑鼻香。"

对于我们来说，挫折与磨难就如那彻骨的寒气，只要我们能扛过去，它终将化成一股让人变得更强大的力量。

唐宋八大家之一的苏轼，是北宋中期的文坛领袖。他不仅在诗、词、文、书、画等方面有着很高的成就，还给后世留下了东坡肉、东坡肘子、东坡鱼、东坡豆腐等美食，是一个享誉古今中外的美食家。

苏轼四十多岁时，因乌台诗案被贬至黄州，经常饿肚子，日子过得异常艰难。为了改善一家人的生活，苏轼每天都绞尽脑汁，想弄点便宜又好吃的东西。

有一天，他在集市上闲逛，还真找到了好东西。"黄州好猪肉，价贱如泥土。富者不肯吃，贫者不解煮。"在《猪肉颂》的感叹中，美味无比的"东坡肉"诞生了。

苏轼被贬惠州时，陪伴了他二十五年的第二任妻子刚去世不久，他还未从丧妻之痛中缓过来，又接到了被贬通知，备受打击，心情沉重，郁闷难解。庆幸的是，那个被人称作蛮荒之地的惠州，竟是一个瓜果飘香、物产丰饶的宜居之地，这让身为"吃货"的苏轼喜出望外，他直接掉进了美食堆里，心头缠绕的阴霾随之消散，"日啖荔枝

三百颗，不辞长作岭南人"的千古佳句也随之诞生。

在美食的滋养下，苏轼在惠州的日子越过越安逸，心情也越来越好。在这期间，他还整理了以前的诗词，其中有很多是关于美食的佳句。

苏轼一生宦海沉浮，后半生漂泊无依，经历了重重苦难，但他并没有因此消沉，也没有怨天尤人，而是始终从容应对。

契诃夫说："困难与折磨对于人来说，是一把打向坯料的锤，打掉的应是脆弱的铁屑，锻成的将是锋利的钢刀。"

在人生的最低谷，苏轼不但没有自暴自弃，还用美食来疗愈自己，在日常的细微处发现生活哲理，从而使他的诗词有了更深层的内涵，也使他成为更好的自己。

人生不如意之事十有八九，成年人的世界里，没有"容易"二字。

生活原本就纷繁复杂，有阳光明媚、微风不燥时的美好，也有乌云密布、风雨交加时的窘迫。

既然如此，我们何必刻意避重就轻，何不张开双臂去拥抱这一切？如此，既可安享岁月的静好，又能穿越风雨去迎接彩虹。

读书是一种可以自愈的温柔方式

"若有诗书藏在心,撷来芳华成至真。"这是读书赐予我们灵魂最好的礼物。

"粗缯大布裹生涯,腹有诗书气自华。"这是读书给予我们最好的气质。

不读书的人只过一种人生,而读书的人可以在书中经历千百种不同的人生,在别人的故事里感受人生百态。

当你读了居里夫人的书,就好像到了居里夫人家里做客;当你读了钱锺书先生的书,就好似参与过他的人生;当你读了曹雪芹的《红楼梦》,就像陪他走过生命的一程。

所以,读书是最值得付出的一件事,读书是人世间最幸福的事,读书是可以自我疗愈的温柔方式。

毛姆说过,阅读是一座随身携带的小型避难所。

张爱玲在《倾城之恋》中写道:"你的气质里藏着你

走过的路、读过的书以及你爱过的人。"

读书不仅能滋养我们的精神世界，还可以丰富我们的人生轨迹，更可以治愈人世间的千伤百痛。

读书是一地鸡毛里绽放的玫瑰花

杨绛先生说："你的问题主要在于读书不多而想得太多。"

其实，人生不过就是见天地、见众生、见自己的过程，在漫漫人生路中，难免有不如意的事情发生。

而读书是最美妙的缘分，可以与自己的灵魂相见。

话说，不写作业母慈子孝，一写作业鸡飞狗跳。无论是孩子还是家长都不能很好地控制自己的情绪，找到更好的方向。

这时候，书里的知识可以给家长指点迷津。读书除了可以让我们增长知识，还可以让我们成为孩子的榜样。作为家长，我们也是第一次为人父母，我们也是人生的探索者。

无论清晨还是午后，无论艳阳高照还是细雨绵绵，无论是春夏还是秋冬，我们都可以放下手机，读一段透着清香的文字,品一口人间的清泉,或茶或水,岁月静谧而美好。

每一段文字的背后都有一幅我们自己想象的画面,通过读书可以激发孩子的想象力、提高孩子的理解力。

记得我小时候读书的时候,有时哭、有时笑、有时叹息、有时心痛,这时妈妈会摸摸我的头。我爱读书,完全是受爸爸的影响,他只要有空闲,便会读书和练字,他还有摘抄的习惯。

每每读到感同身受的文字,我们或热泪盈眶,或开怀大笑,好像书中的那个人就是自己,我们跟着作者把曾经的自己重温了一回。读到激动的时候,我们能身临其境地感受到作者的热血沸腾。

在人生的长河里,唯有阅读可以带我们见到更广阔的过去与未来,看到更广阔的美与庄严。阅读是遇见最美自己的开始。

你都不知道你认真读书的样子有多美,就像那出尘不染的荷,像那惊艳怒放的玫瑰。

低谷时,书籍给予你最华丽的转身

鲁达基说:"知识是抵御一切灾祸的盾牌。"

古有"在天愿作比翼鸟"的美好期盼和"赌书消得泼茶香"的无尽相思，也有"相见时难别亦难，东风无力百花残"和"何处合成愁？离人心上秋"的绝望无奈。

人世间什么都可以通过自己的努力获得，唯有感情不能，因为这是需要双向奔赴的。

还记得那年在路口痛不欲生地分手吗？从此陌路，从此一蹶不振，曾以为人生就这样了，曾以为失去你就失去了人生的全部。

当时觉得一定是自己不够优秀，所以想通过读书让自己成为更好的人，待遇到优秀的人时，自己也有配得上的资本。

姑娘，你热爱生命，生得不差，努力生活，身体健康，有自己的容身之所，有自己的底蕴，好端端的，为什么要跑到别人的生命里做插曲？

那时候，我感受着《论语》里的"人不知而不愠"的包容，感受着诗仙"渡远荆门外，来从楚国游"的豪情万丈和"举杯邀明月，对影成三人"的浪漫情怀。

不读"雕栏玉砌应犹在，只是朱颜改"，就感受不到南唐后主李煜极致的悲和凄美；不读"留得枯荷听雨声"，就感受不到李商隐的细腻情思；不读"一蓑烟雨任平生"，就感受不到苏轼的豁达情怀。

身处低谷未必是一件坏事，利用好这段时光去蓄积力量，充实自己，如此，当机会来临，就可以走上人生的巅峰。

读书是丰盈灵魂的最佳方式，读书也是最可以独自疗伤又充实自己的方式，低谷期也能变成一个人的升值期。

读书不会立刻让生活质量得到改善，但是在读书中可以感受到承受痛苦时有人陪伴，明白苦难可以磨炼人，让我们对人世间有更多的理解和包容。

读书让人有面对漫长人生的勇气，读书让我们面对贫苦依然自尊自信，读书让我们平凡但不平庸，读书让我们面对寂寞却内心丰盈，面对诱惑依然不改初心，读书让我们在逆境中也能自爱自强。

任何时候，读书都是我们武装自己最好的武器，是我们惊艳岁月的方式，是给自己最温柔的拥抱。

迷茫时，读书是前行的指明灯

读书是成本最低的投资，却可以一本万利；读书能开拓我们的眼界，解决我们的烦恼，增长我们的见识，丰盈我们的内心。

读书可以让我们感受到眼睛看不到的风景，读书可以带我们到达脚步丈量不到的远方。

作家赫尔岑说："书籍是最有耐心、最能忍耐和最令人愉快的伙伴，在任何艰难困苦的时刻，它都不会抛弃你。"

读书也是最平等的事情，没有高低贵贱之分，无论你是谁，只要你愿意，都可以读书，都可以让自己有独特的"书卷气"。

读书的目的，不在于能够取得多大成就，而在于我们被生活拖入泥潭时，遇到痛苦或困难时，能够给我们一种内在的力量。

《书都不会读，你还想成功》一书里的洪镇洙，从负债累累到逆袭成为畅销书作家，是读书成就了他。

洪镇洙的父亲被债主追得不敢回家，他们一次又一次搬家。洪镇洙还要照顾在病痛中的妈妈和妹妹，工作很不顺利，还差点被辞退，更雪上加霜的是，女友此时抛弃了他，真的是"屋漏偏逢连夜雨"。

他有一千个一万个放弃自己的借口，但是只有一个坚持下来的理由和信念——读书。

他下定决心从一个月读一本书开始，到一年读三百多本书，经历不同的人生，从结识一个又一个的 CEO，到自己成为 CEO。

是读书让他拥有了对抗生活中种种困难的勇气，让他走向了更好的人生。生活就像一条未知的河，深浅缓急我们都要过。

当你见到更大的世界，经历更多的人生，就不会只着眼于眼前的苟且和迷茫。

书犹良药，善读之可以医愚，亦可解惑。

读书，是门槛最低的高贵

一个人读过的书越多，就越是虚怀若谷，越是恭良谦让，越是意识到学无止境，意识到自己知识的匮乏。

杨绛先生说："人生最曼妙的风景，是内心的淡定和从容。"

读书的魅力大概就是如此，当我们遇到任何事情时，都能够不慌不忙；当我们在生活中受到重创，内心受到深深伤害时，我们也总能通过读书来蓄积力量，为自己铺就一条向上攀登的路。

读书可以让人眼界开阔，可以感受更多的人情冷暖，能培养良好的品德和修养。一个爱读书的人，品德坏不到哪里去；一个品德好的人，好运气也会如影随形。

读书可以让我们任何时候都保持清醒，抵御世间繁华的诱惑，得意时不忘形，失意时不忘志。

"好看的皮囊千篇一律，有趣的灵魂万里挑一。"读书可以造就最深刻的美，这种由内而外散发出来的美，才是最具魅力、令人钦羡的。

三毛说："读书多了，容颜自然改变，许多时候，自己可能以为许多看过的书籍都成为过眼烟云，不复记忆，其实它们仍潜在气质里、在谈吐上、在胸襟的无涯上。当然也可能显露在生活和文字中。"

年少时读书，可以擦亮朦胧的未来；年老时读书，可以回味生命的滋味。

读书吧！感受一下"偷得浮生半日闲"的悠哉美哉吧！

读书吧！领略"万般皆下品，唯有读书高"的真正意蕴。

愿岁月温柔以待，不负流年

柏拉图说："岁月就像一条河，左岸是无法忘却的回忆，右岸是值得把握的青春年华，中间飞快流淌的，是年轻隐隐的伤感。"岁月就像一位永恒的旅行者，无声无息地在我们的身边穿梭。

当我们回首往昔，有多少欢笑与泪水、多少纠结与选择，有多少疯狂的挥霍、多少琐碎的忙碌。

我们享受过温暖的阳光，也经历过岁月的磨难与风霜，不管怎样，我们都要豁达对待，经过风雨的洗礼，我们心中的信念依然坚定。

"看庭前花开花落，宠辱不惊；望天上云卷云舒，去留无意。"在这个纷扰的世界，怀揣一颗平常的心，风轻云淡，时光安详。

浅淡岁月，简单前行，便是最美的陪伴

菩提本无树，明镜亦非台。

很多时候，我们的烦恼往往来源于对欲望的执着。

当我们执拗于心中的念头，无法放松，日子便会拧巴。同事的车比我们的高端、豪气，邻居家孩子的成绩甩我们家孩子多少名，闺密的名牌包包在我们的眼前闪耀。当一切的一切有了比较，心也就失去了平衡。

放下执念，舒缓身心，人生的道路需要我们轻装上阵。

无须比较，我们只做自己。

回忆，是最好的寄托：年少时的青涩，甜蜜的恋爱，满怀希望和梦想的远行，曾经的美好都是装点我们青春岁月的璀璨珍珠。

现在，岁月已经将我们带到了另一个阶段，每一个目标都需要付出更多的汗水和努力，每一次选择都要更加深思熟虑，每一个决策都需要更多的智慧和勇气。

不管怎样，我们始终相信，岁月会让我们铭记珍藏的美好，坚守正确的信念，开创属于自己的未来。

遥想当年，追忆往昔的片段，愿岁月犹如亲人，温柔地陪伴在我们身边，一路前行。

流年有时温柔，有时阴霾，而我们始终要保持一颗平

常心。无论经历了多少风雨，无论追逐过多久的梦想，我们都要从容面对生活中的执着和希望，坦然接受成长中的挫折和磨难。

我们要像一棵参天大树，深深扎根于土地，汲取养分，让自己茁壮成长；我们要努力向上伸展枝丫，去触摸太阳，留一片树荫，为大汗淋漓的人群，遮阳蔽日。

所以，无须昂头仰视别人，我们，做自己就好。

乐观的心态也是安度岁月的秘籍。

顺境也好，逆境也罢，无论面对何种境地，我们都要始终保持豁达的心态，乐观面对，毕竟明天又是新的一天。

淡泊明志，宁静致远，蹚过时间的河，未来不再模糊，怀揣一颗淡然的心，乐观豁达，轻盈地行走在属于我们自己人生的道路上。

浅淡岁月，简单前行，便是最美的陪伴。

珍惜岁月，手握梦想，便是最好的安排

三毛说："岁月极美，在于它必然的流逝。春花、秋月、夏日、冬雪。你若盛开，清风自来。"

人生短暂，我们无法重来，所以我们应该珍惜每一个

时刻。无论是生活中的瞬间，还是平平常常的每一天，我们都应该认真对待。

让我们用心去感受生命的美好，用心去迎接每一个挑战，让我们的人生变得更加充实和有意义。

我们应该珍视每一个瞬间，不放弃任何一个追梦的机会。珍惜生命中的缤纷色彩，保持对人生的热爱，让我们的生命延续在温柔的岁月里，不负流年，不负你我。

青春不灭，梦想依旧。梦想是每个人心中最美丽的风景，它犹如一朵盛开的花，在人生的旅途中为我们指引方向，让我们前行的脚步，踏出对未来的美好探索。

苦难、困境在生活中时常出现，但无论何时，梦想始终是我们坚强的后盾。让我们放飞梦想，祈愿时间的流逝不会扼杀我们的热情与信念。

人生路漫漫，需要坚定的信仰。我们要有足够的勇气去承担责任，也要有足够的耐心去等待成长。

在人生的道路上，尽管荆棘密布，我们依然心怀敬畏，迎接挑战和变化。

每个人都会有一段特别艰难的时光，生活的窘迫，工作的失意，惶惶不可终日。不必躲避，也无须沉沦，人生柳暗花明、峰回路转之时，必定晴空万里，豁然开朗。

挺过来的人生，会越来越顺畅；即便真的路阻不通，无法跨越，也一定要相信，时间会教会我们如何握手言和，所以我们不必害怕，日升月落，总有黎明。

我们渴望变得坚强、勇敢、真诚而宽容。时光流淌，希望我们在未来的岁月中，能够变得坚强、坚定，拥有自己独特的生命韵味。

岁月的沉淀最终会铸就我们的性格，梦想之花终将在和煦的春风中灿烂绽放。

珍惜岁月，手握梦想，便是最好的安排。

感恩岁月，年华凝香，便是最终的灿烂

林清玄说："对顺境逆境都要心存感恩，让自己用一颗柔软的心包容世界。柔软的心最有力量。"

岁月温柔相待，我们要心怀感恩，如品一盏香茶，在渐行渐远的日子里，透着婉约，张扬着对岁月的感念。

感恩岁月，是一种回溯和领悟。

回忆逝去的时光，有意气风发的青春，有披荆斩棘的奋斗，有悠悠岁月的深情，在回忆中，我们领悟生命的意义。

感恩岁月，是一种勇气和成长。

岁月的进程从未停止，它将我们带往未知的未来，我

们勇敢地面对岁月的涟漪，在每一个脚步中找到进一步成长的勇气，绽放最绚烂的人生。

感恩岁月，是一种美好的愿望。

它让我们看到生命中的美好，也看到过往岁月深情的印记，让我们更加坚定地走向生命的旅程，决不迷失在岁月的洪流中。

以感恩的心，收集每一个走过的角落留下的痕迹，记录并感受内心最深处的体验。这是一种沐浴在光明和温暖中的美好，它带着我们成长，让我们每走一步都能感受到生命中最珍贵的存在。

虽然我们的生命会随着岁月的流逝而褪色，但是那些闪耀的瞬间，会深深地烙印在我们的心底，散发着永不淡去的芳香。

一次次的成长，是年华凝香的最好证明。

时光飞逝中，总会留下几个重要的、值得铭记的时刻，这些时刻是我们生命中最迷人的花瓣，经过岁月、经过时光、经过沧桑，依旧香气袭人。

它是一片美丽的风景，是一种绚烂的体验，是时光深处的感动，如同生命中不可或缺的花朵，开满我们的生命旅程。

即使我们走了无数弯路，又经历了无数风雨，它也能让我们深深地体会到生活的真谛。

体悟岁月的流逝、身心的变化，我们才会更加珍惜时间和生命，我们才能不断地抚慰自己的心，激发自己对美好事物的向往和热爱。

年华凝香，在感悟生命真谛的同时，品味时光中最好、最美的瞬间。

感恩岁月，年华凝香，便是最终的灿烂。

在恬淡的日子里，铺开岁月的素笺，写下一串串的碎碎念，字里行间是深深浅浅的感悟和眷恋。

等光阴奏响旋律，等风吹过时光，挟一缕清风徐来，度一程人世繁华，愿岁月安好，绿树成荫，温柔而细致，宁静而清雅。

繁华三千终有尽，素心锦上显安然。心怀感恩，静心聆听，在最美的时光里，听一朵花绽放的声音。

愿你我皆被岁月温柔相待，不负流年，不负韶华。

心中有诗，便是春天

　　春天是美好的，《诗经》有云："春日迟迟，卉木萋萋。"诗歌也是美好的，雪莱说："一首伟大的诗篇就像一座喷泉一样，它总是喷出智慧与欢愉的水花。"

　　春天的美好，在清风徐来的伴随下，在岁月的枝头，冬天的影子还未隐退，枝丫之间还孕育着花开。一岁一枯荣，万物在复苏。四季之中，唯有春天不能辜负，也最不能怠慢。

　　诗词的美好，或喃喃自语，或娓娓道来，是跃于纸上最细腻的感情，是字里行间最真挚的情愫。一首首诗词，总能触动我们的心弦，让我们陶醉其中。

　　春天，永远是文人墨客笔下吟唱的主题。无论岁月如何变化，我们总能在诗歌里感受到生命的涌动，在诗词间找到情感的寄托。

　　当美妙的春天与深情的诗歌相遇，便是一场让人心动的盛宴。

诗人的万千思绪，或告别与想念，或悲恸与欢喜，或热情与冷漠，都各自成诗，随风吹入我们的心怀。一词一句累积成海，向无尽的远方绵延。

将最好的思念，寄托在诗词中；将最美的祝福，隐匿在诗歌里。将一缕缕细腻的情思，织在字里行间，用心揉捏在一起，最后成为一首首美到极致的诗歌。

心中有诗意，处处皆清欢

尘世中，只要用心生活，再难熬的日子，也会有期许。心中有花香，岁月生暖意。垂眸敛目，万般皆是情，抚触人间最真实的烟火；回眸一笑，万物皆可爱，诠释人间最有味的清欢。

丰子恺说："万般滋味，皆是生活……你若有一颗诗意的心，平淡的生活亦有欢愉，简单的饭菜亦是修行。"

我们可以在寂静的角落，手捧一杯清茶，读一首温婉的诗词，素雅中带来纯粹，清雅里追寻安宁。

生活中，并非总是春光明媚，我们也会经历寒冬。无论经历怎样的蹉跎岁月，都要心怀一份美好。保持对当下的热爱，保留对未来的期许，随缘前行，随遇而安，情趣也盎然。

苏轼贬谪黄州四年后，被朝廷调任汝州，这是他经历乌台诗案后的一次命运转折。虽然没有官复原职，但是他的心情犹如拨云见日般明朗起来。在去汝州赴任途中顺道看望了好友，相约南山一游。

苏轼与友人同游山野，在淡烟疏柳中，品清茶、尝春蔬，吃到开心处发出了由衷的感慨：人间有味是清欢。

苏轼如果不是一个乐观豁达的人，如果不是一个心怀诗意的人，他就不会有这样的感触。心中有诗意，目光所及皆是温暖。

苏轼一生起起落落，但是所有的惊涛骇浪都没有将他打倒。无论身陷何种境地，他都能从中寻到一束清光。

在布满荆棘的道路上，苏轼披荆斩棘，活出了最有趣的模样，他将所有坎坷不平化作一首首诗词，了然于心，只生欢喜不生愁，心中有诗意，灵魂安处是天堂。

让我们像苏轼那样，安然淡泊地生活，拈一缕春风，将悲伤揉开，作一首诗歌，把忧虑拂去。陌上流年，且吟且行，心中有诗意，处处皆清欢。

心中有诗意，远方不遥远

最好的生活在别处，最好的时光在路上。只要我们心中有诗意，无论是哪里，都是最美的地方。诗酒趁年华，心之所及才是最美的远方。

我有一瓢酒，足以慰平生。人生逆势如饮酒，当生活对我们报之以痛时，不妨斟一杯美酒敬生活，且行且共勉。

"我是那个在黑暗中大雪纷飞的人哪！"木心在诗中如是说。

木心先生出身极好，擅长写文作画，还精通音律。年轻的木心曾遭遇过极其至暗的时刻，他为此付出了极大的代价，身体和精神上都被鞭挞着。

木心的身体被损伤，才华被埋没，他如同暗夜里的伤心人，而他又不愿屈服于现实，始终坚守着内心的纯洁。

三次牢狱之灾，使他纯粹的内心被一次次割裂，破碎的心像雪花般纷纷坠落大地，无声无息。

几十年后，木心远走他乡，他的身心都获得了前所未有的自由。他通过诗歌洒脱地说出了曾经的挫折与痛苦，似乎那个历经苦难的他与现在的他无关。

有人说，心中有诗，远方不远。

是啊，无论生活给予我们怎样的命题，我们都要紧紧拥抱诗与远方。

诗解冻我们冰封的心灵，远方带给生活姹紫嫣红的色彩，诗给予生命以阳光，远方驱散生活的阴霾。

生活离不开诗歌，生命之旅离不开远方。诗歌美化了生活，让乏味的生活丰富多彩；远方开启了希望，让梦想如愿以偿。

因为心中有诗，未来才可期；因为心中有诗意，远方才能不遥远，这是一种境界、一种追求。诗深藏在每个人心中，而远方闪耀在每个人眼前。

让我们像木心先生那样，在疏枝横斜的雪夜，踏雪而行，让暗香染醉眉眼，一树红梅映雪开，满园春色入帘台。

心中有诗意，岁月从不败美人

当我们对生活失去热爱，对未来不再向往，越来越消沉的时候，衰老便慢慢降临了。一个人的老去，便是从生活失去诗意开始的。

心中若有诗意在，何惧岁月来侵蚀？

在这个世上，有一种不能流泪的哀伤，它无法解释，无从诉说，只能将它写成文字，变成一首首诗词，向世人倾诉这种无法言说的痛。

被誉为中国最后一位"穿裙子的士"的叶嘉莹先生，她的一生起起伏伏，可以说她的毕生经历都是和诗词、苦难交织在一起的。

十七岁时失去母亲，伤心欲绝，以诗哭之；婚后丈夫入狱，几经飘零，以诗怨之；中年痛失爱女，痛不欲生，以诗哀之。人生不可逾越的苦痛，在叶嘉莹先生这里统统以诗化之。

纪录片《掬水月在手》中，叶嘉莹先生用徐徐缓缓的语调，向我们讲述着过往，过去的悲痛在她的盈盈笑语中变得云淡风轻。

她说，诗词之美乃弱德之美。

先生说的弱德并不是软弱，而是有弱德之美的人，是能够承受苦痛，并有所坚持的人；是在遇到艰难险阻时，能把持住自己，尽力尽责成全自我的人。

叶嘉莹先生用一生坚守弱德之美，她在逆境中坚守，在悲痛中痊愈，也于绝处逢生。九十岁的高龄仍然坚持授课，在讲台上的她气质超然、风采依旧，站在那里自成一道风景。

我们从叶嘉莹先生的身上看到了人老去最美的模样，只要心中有诗意，无论什么年纪都是最好的年华。

让我们像叶嘉莹先生那样，一直保持一颗轻盈的心，清空心中所有不快，告别愁苦时光，将沉重的心结放下，舒眉展目，灿若暖阳，用从容的心态过一生，活出生命最美的样子。

心中有诗意，人生春常在

人们常说："心有繁花，便是春天；胸无杂念，春色满园。"

每个人的心中都有一亩田地，我们将那一首首、一阕阕的诗歌播种其中，收获舒展而芬芳的生命。

一蔬一饭，处处清欢；柴米油盐，皆可为诗。那一段段美好的时光，诗意温柔；那一段段惊艳的韶华，清欢盎然。倘若心中有诗意，人生无处不春天。

"造物无言却有情，每于寒尽觉春生。"每个人活着都不易，但是只要心中有春意，就能抵御人生路上的风霜雨雪。

就让每一首诗词来慰藉我们的灵魂，治愈我们的心灵。愿我们都能心中有诗、眼里有光，将每一个平凡的日子都过得充满诗情画意。

人生没有太晚的开始

有位诗人说："不管你现在多大年纪，不管你过去走过多少弯路，不管你的梦想看起来有多遥远，你都可以重新开始。"

在人生的旅途中，每一个新的开始，都蕴含着新的机遇和希望，像极了万物萌发的春天。

或许是陌生的环境，或许是新的职业，或许是自我的转变，每一次重新出发，都是新的挑战。

世上千人千面，悲观者拿年龄、困难等当借口不敢迎接挑战，一句"太晚了"就放弃更多的可能性；乐观者却说："即使明天是世界末日，今夜我也要在园中种满莲花。"

就像作家莫言所说，人生没有太晚的开始，只有太早的放弃。

如同种一棵树，我们若因错过了十年前的机会，就干脆放弃，则永远无法品味成功的喜悦。如果我们从现在开始种植，用心耕耘，几年后将迎来硕果挂枝头。

就像心怀梦想的人，即使没有在最好的年华圆梦，但他们的每一分努力都不会被辜负，每一分坚持都会有收获。

所以，我们永远不要拿太晚当借口，来晚了的只是开始的勇气。

知识改变命运，中年再绽芳华

有人说过："未来的路，我们自己创造。"

对于未来，有人憧憬，有人感到迷茫，还有人在低谷中跟命运掰手腕，只为搏一个美好的明天。

曾国藩有个部下叫罗泽南，他出身贫寒却酷爱读书。罗泽南四十岁以后，人生才有了新的转折，他被惜才的曾国藩重用，多年苦读终于派上用场。

虽然人到中年才被"看见"，但罗泽南坚信知识能改变命运。即使中年才开始转换赛道，他也没有一味抱怨，而是抓住当下的机会，认真工作、努力进取，终成业内佼佼者。

岁月如风，悄然而过，转眼人生过半。中年人的脸庞虽然不再年轻，却增添了沉稳和睿智。

　　岁月不能抹去我们内心深处的那份梦想。即使人生的路途曲折，中年人依然可以重新出发，依旧可以重新点燃心中热情的火焰。

　　中年如同深秋的枫叶，在阳光的照耀下，仍然能焕发出绚丽的色彩。在中年重新开始，就像给生命注入新的活力、新的希望。

　　俗话说得好，是金子总会发光。但是，金子要经过高温高压，以及多次精炼和提纯才会变得纯粹和闪耀。

　　人生亦如此，那些没有被命运眷顾的人，几经挫折，在黑暗中寻找光明，他们也曾感到困惑和无助。然而，唯有历经苦难，我们的人生才有可能赢得梅花扑鼻香。

　　人到中年，就像一朵凝聚着岁月沉淀和智慧结晶的花朵，在纷繁复杂的人生道路上，只要我们敢于重新开始，就能再次绽放。

　　很多人担心中年重新开始会遭遇更多的困难和阻碍。但请相信，阳光总在风雨后。自当下起，坚持一步步向前走，亦如雨后的天空，经过风雨的洗礼，终会看见炫目的彩虹。

　　即使人到中年事业才起步，也不必气馁。只要我们肯不断地学习，用知识的力量开启智慧之门，就会在未来的路上攀得更高、走得更远。

逆行求学，花甲亦可吐妙语

只要持续地努力，任何人都可以变得更好。

越来越多的中老年人开始"逆行"求学，大家深信从现在开始一切都还来得及。即使迈入老年，也要拿出"活到老、学到老"的精神，在知识的浪潮中航行，在不断进取的路上，放飞心灵的翅膀。

《商业周刊》的创始人金惟纯先生，年近六旬忽然宣布要"学说话"。

原来，金惟纯先生发现自己只是爱说话而不是"会说话"。有高人指点金惟纯，会说话的人要做到少言，用心倾听对方的心声。于是，金惟纯把学说话当作一门功课，他学着用恰当的语言来表达自己的想法。

耳顺之年"学说话"，亦为时不晚。六十岁虽然是人生的转折点之一，迈入老年并不代表失去学习和进步的机会。

岁月不居，但学识永存。随着认知的不断提高，我们的心智会更加成熟。

好的表达能唤起灵魂的共鸣，就如一缕阳光照亮心中的每个角落，让人感到温暖，又似春风化雨滋润心田。

如《人生格言》所讲，言语是心灵的图画。

当我们说出的话能够深入人心，触动人的心灵，就达到了意美；跟人说话时语气和蔼，给人如沐春风的感觉，便是音美。

愿你我，都学会用恰当的语言表达自己的想法，让生命在热情中绽放。

当我们用心去说话，用言语铸就心灵的桥梁，就能让彼此的思想和情感沟通得更加通畅。当我们用真诚去表达，用诚挚的话语消除隔阂，就能将彼此的心灵拉得更近。

让我们用语言描绘出美好的画卷，用真情去填充最绚烂的色彩。

先从说话学起吧，别嫌太晚，六十而已。

年龄不是界限，心存热爱永远不晚

画家摩西奶奶说，做你喜欢做的事，成功之门将会为你打开，哪怕你现在已经八十岁了。

被称为"灶台作家"的杨本芬奶奶就是这样的人，花甲之年开始写作，八十岁成名。她的写作时间是从家务活里挤出来的，沾满水渍、油渍的稿纸上藏着她的热爱。

很难想象，一位八十岁的老人还有如此激情去写作，果然热爱是最好的老师。杨本芬在书中写道："人到晚年，我却像一趟踏上征途的列车，一种前所未有的动力推着我轰隆轰隆地向前赶去。"

岁月如梭，不觉间晚年已至，但那些怀揣梦想的人，即使走在人生的边缘，内心深处的热爱从未凋零。岁月的流逝，反而坚定了他们的信念，让他们更加勇敢地去追逐自己的梦想。

年龄只是一个数字，一个人的真正年龄是他的思想和行动。

著名翻译家许渊冲先生说："生命并不是你活了多少日子，而是你记住了多少日子，要使你过的每一天都值得回忆。"

是呀，我们要懂得珍惜每一个当下，哪怕不再年轻，哪怕付出太多辛苦。只有当我们为热爱的事情努力过，暮年回首时，才能欣慰地说自己认真地活过。

莫道桑榆晚，为霞尚满天。

即使是桑榆晚景，也不会让我们的心灵失去光彩。绚烂的霞光，让我们感受到生命的美好和无尽的可能。

岁月的流逝，不会让我们失去对美好的期待和对生活的热爱。

人生绚烂多姿，不应止于年轮。岁月沉淀了生命的智慧，时光见证了梦想的成长。

一朵花或许错过了初春的细雨，也可能错过了初夏的阳光，但它依然能在秋风送爽时吐露芬芳。我们何不效仿花儿，永远保持年轻的心态，蓄积力量等待绽放。

从今天开始，让我们一起去追逐生命中的美好和热爱。在岁月的长河里留下自己的足迹，让生命变得更加精彩。

明代文学家冯梦龙有句名言："早成者未必有成，晚达者未必不达。"

人生最美的不是曾经的辉煌，而是每一个崭新的开始。无论你现在是什么年纪，无论你经历过怎样的风雨，只要你还有渴望和勇气，开始新的生活永远不会晚。

我们无须为那些逝去的机遇懊悔，生命中的奇迹是无穷无尽的。每一天都是新的开始，它赋予我们新的机会去挑战自己、超越自己。

有人说，在追逐梦想的路上，我们要像奔腾的河流，不怕高山阻挡，也不惧风霜雨雪。今天的辛苦付出，将化作明朝的轻舞飞扬。

我们无法预知未来,但是可以把握当下的每一个机会。年龄从来不是束缚我们的枷锁,每一次努力,每一次绚烂,就像冬天的雪花一样,虽然短暂,却以最美的姿态为这个季节增添一抹诗意。

岁月只能在我们的脸上留下印记,却不能让皱纹长在我们的心里。人生没有太晚的开始,现在就出发,我们仍然可以去追求自己的梦想,去创造美好的未来!

挥不去的乡愁，无尽的思念

我们每个人都有对故乡的眷恋，那种深深的感情常常伴随着背井离乡，即使世事如烟，时间流转，也总是挥之不去。我们在陌生的城市里，面对着繁忙的工作和琐碎的生活，思念着在故乡的欢声笑语。

我们怀念那熟悉的口音、清晨的雾气、夕阳下的餐桌和灶间熟悉的饭菜香味，我们怀念那大街小巷曾走过的脚印，怀念那剪不断的童年时光、那恍如隔世的青春年华。

乡愁，是一缕抹不掉的记忆

乡愁，是一缕抹不掉的记忆，它像一条无形的线，一直牵着我们的心；它是一种回忆，属于故乡的气息，在岁月的流逝中越发清晰。

乡愁是那掩映在山中的小村落；是那霞光映照下的稻田和小溪；是那轻柔的风吹进窗户，让人顿时沉浸其中的故乡气息；是那从小耳濡目染的方言，一句问候，对视一眼便心有灵犀；是那喧闹的村庄、温馨的家园。

不论是外出读书还是工作，再遥远的地方，总能听到家乡的呼唤。乡愁似乎成了最美的礼物，让我们重新认识故乡，重新感受亲情、友情的温暖。那些熟悉的面孔，那些曾经美好的事物，都浮现在心头，仿佛时光倒流，回到了青春岁月。

乡愁，是一缕抹不掉的记忆。它像一股微风，温柔地拂过你的脸颊，带来一阵淡淡的悲伤。这种感觉源于童年时在故乡度过的美好时光，与乡间的自然风光交织在一起。

每当我想起那个小村庄，心中便会涌起无数的回忆。那里的清晨，打开窗户便能闻到雪融后泥土的味道；树叶上残留的露珠闪耀着，鸟雀和牛羊的叫声交织在一起，让那个安静的村庄变得鸟语花香。

傍晚时分，天边渐渐染上了火红的霞光；那条小溪流淌着自然之美，偶尔有孩子在水中嬉戏；夕阳洒在稻田上，金黄色的稻穗好像一片片固定在镜头中的动态画面。

小时候，我们总是跑到野外寻找一些奇妙的宝藏。有时候，我们会捉到一些萤火虫将它们装在小玻璃瓶中，看着它们发出微弱的光芒，心中有说不出的奇妙感觉。我们的欢声笑语在山林间回荡，如歌声般沁人心脾。

　　然而，随着时间的推移，那些美好都随风而逝。那条青涩的小溪汇成了一条宽阔的大河，我们长大了，离开了故乡。但乡愁却始终难掩，那一串串美好的记忆成了我们心中的珍宝，无论走到哪里，它都是我们心灵的牵绊。

　　乡愁就是一个人对生命的纪念，是一种对故乡的留恋之情。它虽然无法改变现在，却可以铸成一份美好的思念，让我们在生命之旅中，始终牢记那片绿水青山，牢记我们的乡愁。

思乡，是一种无法言喻的情怀

　　思乡，是一种无法言喻的情怀。它不仅是对家乡的怀念，更是对那些曾经与你一同度过岁月的人、事、物的眷恋。

　　每当我漫步在异乡的街头，看到路边的小花园，抑或是街角的一家小店，就不由自主地想起故乡鲜花盛开的场景，儿时那温馨的家园和慢慢变老的双亲。

思乡的情感，不只是存在于遇到挫折、迷失方向的时刻，而是贯穿生命的始终，与岁月一起慢慢沉淀，成为我们灵魂的一部分。

我曾经试图用文字，甚至是音乐来表达这种情愫，可总觉得无法恰当地诠释出思念之情。

思乡，恰如一杯酒，浸润着岁月，流淌着无尽的情感。它关注的不仅是那甜蜜、璀璨的瞬间，还有那些平凡而深刻的时光。

曾经的快乐，如今已经成了珍贵而无法重演的记忆，但它依然在心头，在不经意间飘浮起来，带给我们心灵的慰藉和勉励。思乡不是回到家，而是回到你自己。

现在，身在异乡，曾经的同窗好友已经散落天涯。每当夜晚来临，心中时常会泛起诸多思绪，感觉仿佛回到了故乡，与家人、好友和街坊邻居围坐在一起。

思乡之情如潮水，情感的浪潮匆匆掠过心头，褪去的是青春的昨天，却留存住了那段翩翩的年华。当我漫步于陌生的街头，垂眸望着脚下的马路时，心中总有别样的感受，仿佛透过时间的倒影，重逢了那个单纯的自己。

对于游子来说，思乡是一种心理上的感觉，一种不可言说的情感存在。尽管无法言明，但这种情愫，却深深地烙印在我们的心中，既是生命的一部分，也是我们不可割舍的纽带。

当思乡之情涌动时，我们会忽然明白，无论走到哪里，我们都不会真正与故乡分离。那些温馨的、熟悉的元素，已经跟我们血肉相连，成为我们漫长的人生旅程中，无可替代的精神支柱。

故乡，是我们一生的牵挂

故乡，是我们一生的牵挂。无论我们走到哪里，内心总是牵挂着家乡的一草一木、一山一石。家乡的每一个小故事，都连接着我们内心深处的情感。每一次回老家，我总是感到心情格外舒畅，仿佛回到了最初的起点、最好的时光。

回想起小时候的情景，我仍然会感觉到幸福。那时候，我常常和邻居家的小伙伴们在街道上玩耍，采摘路边的野花，摘下树枝上的新鲜果实，一起嬉戏玩闹。即使日子过得再苦再累，也不会觉得孤单。

每当我离开故乡，即使周围环境再好，心中始终萦绕着淡淡的乡愁。我常常想起家人的话，那种真诚的关心和爱护，让我感受到家的温暖。从那以后，故乡、家成为我心中永不磨灭的牵挂。

对我来说，故乡是一个可以让我重拾幸福感的地方。那里的一草一木、一条街道、一间小小的房屋，都成为我生命中珍贵的记忆。即使我离开了它，但那种牵挂、那种思念永远也不会消失。

故乡，是我们一生的牵挂。它在我们的心中生长，不断滋润着我们的情感，那份最真挚的感情会伴随我们生命中的每一个阶段。走过的每一段路，都会让我们更加珍惜这份感情，让我们对故乡充满感恩，对故乡的人与事物抱着无限的怀念。

在我心中，故乡是一个安静而美丽的地方。那里有绿油油的稻田，有青翠欲滴的树木，还有古朴的建筑和虽简陋但幸福的生活。在那里，我能尽情地呼吸天然的氧气，满足我内心对大自然的向往。

故乡还是一个传统的地方。每逢春节，家家户户都张灯结彩，喜气洋洋，传承着千年的中华文化。在这里，我学会了感恩和尊重。

小时候，总想着快点逃离故乡，可当我长大成人，离开了故乡，才真正明白了故乡的重要性。

离家这么多年，每一次回家，我总是会惊喜地发现故乡的变化。我看到，故乡的风景变得越来越美，人们的生活变得越来越幸福。

然而，我也看到，故乡已不再是我的一部分，就如同我不再是故乡的一部分。

因此，我更加珍惜每一次回家的机会。我用心感恩这个最初的起点、最好的时光。在我心中，故乡是那个让我哭泣和欢笑的最有意义的地方。

在我心中，故乡是一道风景线，如春天的花园、夏天的瀑布、秋天的枫叶、冬天的白雪，时时刻刻浮现在我的脑海中。

故乡是我的起点，也是我的终点。在我有生之年，无论我身处何方，故乡的一草一木、一山一石，都将是我一生最珍爱的牵挂。

乡愁，是我们中国文化中一个永恒的话题。从古至今，有多少文人墨客将这种情感，凝聚成思乡情结，寄托于诗词当中。

思乡，是岑参的"故园东望路漫漫，双袖龙钟泪不干"，是王安石的"春风又绿江南岸，明月何时照我还"，是马致远的"夕阳西下，断肠人在天涯"。

思乡，还是席慕蓉的"离别后，乡愁是一棵没有年轮的树，永不老去"，是余光中的"乡愁是一枚小小的邮票"。

　　乡愁，是对故乡的回忆与思念；思念，是对亲人和友人的牵挂与期盼。乡愁和思念，往往是我们一生无法逃离的牵挂。它就像岁月的支流，在时光的长河中涓涓流淌，却从未干涸。

　　虽然无法逃离，但我们可以用心去感受，用笔去记录，用行动去追寻。这份追寻，将让我们生命的旅途变得更加精彩、更加有意义。

一场邂逅，诉说人间悠悠深情

桌前一杯热气腾腾的咖啡飘着香气，斑驳的阳光穿过枫叶洒在窗前，落在蓝猫慵懒的身体上。一阵微风习习，桂花的清香令人陶醉，毫不犹豫地侵略了我的心脾，星星点点的光芒连同叶子一起舞动起来。暖洋洋的午后啊，多看一眼、多闻一秒，都是上天的恩赐。

如果春色是百花怒放、百鸟争鸣的热闹，那么秋色则是百果成熟、百叶舞落的沉稳。春有"春色满园关不住"的喜悦，夏有"映日荷花别样红"的精彩，秋有"明月松间照，清泉石上流"的清雅，冬有"绿蚁新醅酒，红泥小火炉"的温暖。

春有热闹秋有热情，夏有盛装冬有温暖。无论在哪里遇见，无论在哪个季节遇见，不都是世间最美的邂逅吗？

秋日里的天空是醉人的，一片湛蓝，朵朵轻的、柔的云，形态万千，更增添了几分妩媚和娇羞，怪不得诗人刘禹锡会有"晴空一鹤排云上，便引诗情到碧霄"的万丈豪情。

秋日里的田野是迷人的，一片广袤，远远看去，像一条黄绿相间的彩带；饱满的稻穗谦逊地低着头，嫩绿的苗儿伸展腰肢，如饥似渴地吸收着阳光雨露。瞬间，我深深地读懂了"我言秋日胜春朝"的喜悦之情。

秋日里的惊喜总是不期而遇的，在某个阳光正好的清晨醒来，桂花香气唤醒灵魂深处的感动；在某个和友人相约的午后，金色的银杏叶为我铺就一条金色的地毯；在集园的小径闲走，挂满枝头的石榴像一个个红灯笼，水果的香气唤醒沉睡的味蕾。

只为一睹金秋的风采，没有约定，没有谁先谁后，好似冥冥之中自有安排，走在一排排的落羽杉林中，踩在柔软的叶子上，我小心翼翼，生怕弄疼这无私奉献的灵魂。好一个"落红不是无情物，化作春泥更护花"。

蓦然，抬眼，一个似水般温柔的女子，在读一本书。一个独来独往的女子，不知在读一本什么样的书，眉眼间有了些许变化。读书于我来说，是一种最优雅的姿态，而专心读书的女子，在金色光芒染成的秋色中，于荒野里，没有早一步，没有晚一步，就这样相遇了。

秋天的落羽杉最美，有金黄、鹅黄、褐红、深红。让人惊叹不已的还有娇嫩欲滴的翠绿和倒映湖中的碧蓝，让你瞬间体验一场视觉上的盛宴，而我已是画中人，仿佛置身于色彩斑斓的油画中，如入梦境。

我想我是个多愁善感的人，一直相信人生有很多美好，对秋色和秋月有着穷尽一生的热爱，爱秋天的硕果累累；我也是个天真的人，相信美好是需要柔软的心才体会得到的，相信美好也是幸福的藏身之处。

我爱在旅游中邂逅，在邂逅中感受生命的感动时刻，就像那年在西塘，走在青板石铺就的烟雨长廊，抚摸那经过千年的岁月洗礼的白墙，看一眼深深浅浅的杂草小花，感受千年前的光阴，好似人间只在梦中。

那里有随心所欲的留言条，写一段话，心间便有了岁月的柔情，即使感受风雨，心中也有花香。

走在一条条墙垣深处的弄堂，斑驳的墙，灰色的琉璃瓦，向人们诉说着世事的沧桑，展示它的岁月悠长。

让我们感恩生命中所遇见和所发生的一切。没有好和坏，可能会有"露从今夜白，月是故乡明"的忧伤，可能会有"留得枯荷听雨声"的遗憾，同样也能感受到"霜叶红于二月花"的震撼。

行于红尘，邂逅金秋，让我们在秋天的从容中遇见最美最好的自己。

嘘，别说话，别惊动了今夜的月！